DER

RHEINHESSEN-KRIMI

6

Walter Passian wurde 1949 in Kassel/Hessen geboren. Bis 1995 arbeitete der gelernte Kartograf bei der DB in Kassel, Frankfurt/Main und Mainz.

Heute lebt er als freier Schriftsteller in Worms. Er veröffentlichte mehrere Musicals (z. B. Bühnenträume mit der Musik von Alexander Talmon).

Passian verfasste humoristische Theaterstücke für die Hemshofschachtel in Ludwigshafen und die Volksbühne in Worms, wo er auch Regie führte und als Akteur mitwirkte. Er bereitet für 2010 einen Bühnenkrimi für die Volksbühne Worms vor.

Walter Passian schrieb für den Kehl Verlag den Kurzkrimi »99«, der in der Mannheimer Krimianthologie »Mannheimer Morde« erschien, den Kurzgeschichtenband »Passians Nachtwelten« sowie die Lui-Fischer-Krimis: »Mord am Geiersberg«, »Tief im Rhein ...«, »Höhlengesänge«, »Die Mörder vom Kellerweg« und »Endstation Mäuseturm«.

Mit dem vorliegenden sechsten Roman der Reihe mit dem Titel »Fischerstechen« sind Luis Tage in Worms gezählt. Seine Nachfolgerin Rosi Blum hat seine Detektei bereits übernommen.

Walter Passian

FISCHER STECHEN

VERLAG STEFAN KEHL
HAMM AM RHEIN

Originalausgabe
1. Auflage

Lektorat: Susann Säuberlich, Neubiberg
Korrektorat: Sladjana Zlatovic, Frankenthal
Umschlagzeichnung: Renate Böhm-Schewe, Worms
Übersichtskarten Seite 8 + Seite 32: Walter Passian, Worms
Fotografie Autor: Rudolf Uhrig, Osthofen
Gesamtherstellung: Druckerei Stefan Kehl, Hamm am Rhein
Neue deutsche Rechtschreibung
Printed in Germany 2009
ISBN 978-3-935651-33-2

www.kehl-verlag.de

Gewidmet:

Dorota Wojsyk, Ulrike Schäfer, Kathrin Heuer,
Michael und Iris Meierhofer, Andreas Zeidler,
Peter Harmening, Kurt Sajek und Volker Schäfer

Ihm werde ebenso wenig Erlösung zuteil, wie sich der päpstliche Krummstab mit frischem Grün schmücken könne.

Der Fluch des Papstes gegenüber Tannhäuser in der gleichnamigen Oper von Richard Wagner

... scharfe Zusammenhangs-Trennung der Gewebe mit Verursachung einer Blutung.

Beschreibung »Scharfer Gewalt«, dem gemeinsamen Charakteristikum von Schnitt- und Hiebverletzungen im »Kriminalistik Lexikon« von 1996, Kriminalistik Verlag, Heidelberg

Erster Teil
1 9 9 7

RHEIN
Mainzer Straße
Pfungstädter Straße
Gernsheimer Fahrt
Autofähre
Hafen
Rheinstraße
RHEIN
RHEINISCHES
FISCHERFEST
Gernsheim
NATO- Straße
Wormser Straße
Worms
Mannheim

1

Fischerfest – Letzter Tag

Die honigblonde Frau erwischte ihn beim Verlassen der Bühne. Drängte sich so rasch und so ungestüm an ihn, dass keine Abwehr möglich war. Ihr Mund war dicht an seinem Ohr. »Sie verändern mein Leben!« Ihre Stimme war heiser und vibrierte vor Lust. Er kannte solche Reaktionen, seit er sein Image geändert hatte. Kein trauriger, tapsiger Clown mehr, der mit müden Witzchen über die Bühne oder durch die Manege schlurfte.

Der böse Junge kam viel besser an.

Die Blonde quetschte ihre Brüste halb aus dem Dekolleté ihres dirndlähnlichen Kleides gegen seinen Arm. »Ich muss Sie sehen.« Sie würde sich nicht abwimmeln lassen. Das spürte er.

Das roch er.

Aber eine solche Frau würde er ohnehin nicht wegschicken. Es hatte einige gegeben, derer er sich mit sanfter Gewalt hatte entledigen müssen, aber diese hier würde ihren Auftritt in der Hitparade seiner Erfahrungen haben. Ganz sicher!

»Ich habe noch eine Vorstellung kurz vor dem Feuerwerk«, sagte er. »Danach, wenn alle abgelenkt sind. Hinten im Zelt. Oder wollen Sie lieber Leuchtraketen sehen?«

Er hörte trotz des Lärms um sie herum das Geräusch von Speichel in ihrem Mund, wähnte sein Ohrläppchen nass werdend, als sie mit heiserer Stimme antwortete: »Ich will Sie fühlen!«

»Wie heißen Sie?«, fragte er und ärgerte sich gleichzeitig über die Frage. Es war zu früh dafür. »Namen sind etwas für Statistiker«, flüsterte sie. »Außerdem kenne ich Ihren wirklichen Namen ja auch nicht.«

›Stimmt‹, dachte er, ›du kennst ihn nicht. Wahrscheinlich wärst du enttäuscht, wenn du den wahren Namen wüsstest‹. Er musste grinsen, während er ihren Atem unter ihrem verschwitzten Blusenausschnitt fühlte. Engel war sicher nicht der Name, den diese Frau bei einem erwartete, der sich *Hofnarr des Teufels* nannte, trotz der überlieferten früheren Zugehörigkeit des Teufels zum Engelkorps.

Die Augen der Frau trafen ihn. Blau wie die eines Huskys. Wolfram Engel liebte Huskys.

Nun musste er sich für den letzten Auftritt vorbereiten – den letzten für diesen Tag und für dieses Fest insgesamt. Nach dem Feuerwerk würde Schluss sein. Morgen Vormittag schon war die Abfahrt geplant. Ob er jemals wieder hierherkommen würde?

Gernsheim am Rhein. Fischerstechen und Höhenfeuerwerk. Wenn es nach ihm ginge, würde er in Zukunft bei großen Galas in den Hiltons und Kempinskis dieser Welt auftreten. Lieber auf Kreuzfahrtschiffen und im Fernsehen als auf Fischfesten. Als Übungsfeld waren diese Kleinstadtevents in Ordnung, aber hier durfte er nicht stecken bleiben.

Er kniff seine Augen zu schmalen Schlitzen zusammen, gab sich die Gefährlichkeit, die die Frauen an ihm so gern sahen. »Sie werden mir Ihren Namen noch heute ins Ohr stöhnen«, sagte er rau mit der leisen Intensität, die er auch in seinem Bühnenprogramm mit Erfolg einsetzte.

»Überlassen Sie mir, was ich stöhne.« Sie löste sich von ihm.

»Bis dann!«

Schon war sie zwischen den vielen Leibern hektischer, lachender und grölender Menschen abgetaucht. Wolfram Engel wusste, er würde sie nachher wiedersehen. Selten war er sich einer Eroberung so sicher gewesen.

Er schlüpfte durch einen Vorhang in den mit Fahnenstoffen voll gepackten Teil des Zeltes, in dem sich die Künstler umzogen, legte seine Schellenkappe ab und verließ das Zelt gleich darauf in seiner schwarzen Lederjacke, die den Teil seines Kostüms verbarg, der ihn als *Hofnarr des Teufels* verraten hätte.

Das gesamte Areal des Festplatzes am Rhein war übersät mit Menschen. Die verschiedenen Musiken der Fahrgeschäfte kämpften mit unterschiedlichen Klängen gegeneinander an. Die bunten Lichter wurden allmählich intensiver, denn die Dämmerung hatte vor wenigen Minuten eingesetzt.

Hinter dem Hafen betrat Wolfram Engel in der Schafstraße ein Haus, in dem mehrere Künstler und Betreiber von Fahrgeschäften und Buden für die Dauer des Festes wohnten.

Er hatte ein Zimmer gleich im Erdgeschoss, das er sich mit Dietmar Leberecht teilte. Der war im Zimmer, als Engel hereinkam. »Dietmar, was ist, wieso bist du nicht an deiner Geisterbahn?«

Leberecht hockte gekrümmt auf dem Zweisitzersofa, auf dem er auch schlief. Die Farbe seines faltigen Gesichts war grau. Er blickte von unten zu Engel hoch – wie ein angeschossenes Tier. Seine Hände waren zu Krallen geformt und mit ihnen hielt er sich die rechte Seite seines voluminösen Bauches. »Die Steine«, stöhnte er, »ich hab's geahnt. Aber ich wollte es nicht wahrhaben. Ich hätte meine Jungs auch allein nach Gernsheim schicken können, aber nein, ich dachte, diesmal kommt es erst in der Weihnachtszeit, wenn ich garantiert die falschen Sachen esse ...«

»Notarzt, Krankenhaus?«, fragte Engel und ging zu dem Telefon auf dem Fenstersims.

»Notarzt, Spritze!«, sagte Leberecht. Bei aller Schwäche in der Stimme hörte Engel seinen klaren Willen heraus. Die Männer kannten sich seit drei Jahren von verschiedenen Festen in ganz Deutschland. Leberechts Harnleitersteine bildeten sich fast regelmäßig im Hochsommer, diverse Krankenhaus- und Arztbesuche waren zur Routine geworden.

Schmerzroutine bei dem einen, Betroffenheitsroutine bei dem anderen.

Engel wählte die Rufnummer des Notarztes, nannte die Art des Notfalls, die Adresse und die Namen von Vermieter und Patient, dann legte er auf und wühlte in der billigen Reisetasche herum, in die er die privaten Dinge gestopft hatte. Mit seinen Bühnensachen ging er liebevoller um. Aus seiner Reisetasche holte er schließlich eine Packung Zigaretten und ein Päckchen Kondome.

Dietmar Leberecht konnte trotz seiner Kolik seine Neugier angesichts der Kondome nicht zügeln. »Oh, Beute?«

»Wenn du es so unromantisch nennen willst: Ja, Beute!« Engel grinste in das alte, fahle Gesicht seines Zimmerpartners hinein. Er wusste, dass sein Gesicht ebenso grau war wie das von Leberecht, nur war es bei ihm geschminkt und bei dem Geisterbahnbesitzer ein Anzeichen von dessen Krankheit. Leberecht, der im fernen Unna seit vierzig Jahren und zunehmend weniger glücklich verheiratet war, krümmte sich wahrscheinlich doppelt, wenn er sich vorstellte, dass der Clown mal wieder einen, wie er es nannte, Abschuss plante. Nun, er war im Gegensatz zu Leberecht in einem Alter, in dem es ihm leicht fiel, Frauen für sich zu gewinnen. Und seit dem Imagewechsel sowieso. Engel pries mal wieder den Tag, an dem er sich dazu entschlossen hatte.

Als er den Reißverschluss der Reisetasche zuzog, kippte sie von dem Stuhl, auf den er sie gestellt hatte. Dabei rutschte sein Messer heraus und landete auf dem zerschlissenen Teppich.

Was dann geschah, beobachtete Dietmar Leberecht, ohne sich gleich etwas dabei zu denken.

Wolfram Engel nahm das Messer vom Boden auf und legte es nicht etwa in die Tasche zurück, sondern auf den Beistelltisch neben dem Sofa. Dann verschloss er die Tasche endgültig und verstaute sie in seiner Ecke des Zimmers, neben seinem eigenen kleinen Schlafsofa.

Er sprach mit Leberecht, bis der Notarzt kam. Der Mann war noch jung, machte aber den Eindruck eines müden, verbrauchten alten Kämpfers, der im ewigen Krieg mit der Krankheit dieser Welt öfter das Nachsehen hatte. Als er schon wieder gehen wollte, warf er einen Blick auf den Beistelltisch.

»Ein Stilett!«, sagte er. »Jack the Ripper?«

Engel lachte leise: »Erraten, das war ich in meinem früheren Leben. Ich habe es irgendwie geschafft, mein wichtigstes Requisit über die vielen Jahrzehnte zu retten.«

Der Arzt lachte nicht. Er nahm das Messer in die Hand, ohne um Erlaubnis zu fragen. »Eine gute Klinge.«

»Legen Sie es wieder hin, wenn Sie es nicht im Körper haben wollen.« Dieser Satz kam unendlich sanft, nicht die Spur drohend oder gefährlich – und dennoch legte der Arzt das Messer sofort auf den Tisch zurück und verabschiedete sich hastig.

Nachdem Leberecht seine Spritze bekommen hatte, erholte er sich zusehends. Er bat Engel um ein Bier – das sei gut bei Harnleitersteinen. Am besten sogar in warmem Zustand, aber sooo krank fühle er sich nun doch nicht.

Als sie beide eine Weile schweigend getrunken hatten, sagte Engel nach einem Blick auf seine Armbanduhr, er müsse sich nun auf den Weg zurück zum Zelt machen.

Er stand auf, zog sich seine schwarze Lederjacke wieder an und griff nach dem Messer. Aus der Schublade einer Kommode förderte er ein Lederfutteral zutage, in das er das Messer schob. Es war eine geradezu liebevolle Bewegung.

»Was hast du damit vor?«, fragte Leberecht.

»Keine Ahnung. Als es vorhin aus der Tasche gefallen ist, hab ich gedacht, *ist das ein Zeichen? Soll ich das mitnehmen?* Na ja, manchmal soll man der Vorsehung trauen.« Damit ließ er das Messer im Futteral in der rechten Seitentasche seiner Lederjacke verschwinden.

Als Engel schon an der Türe stand, sagte Leberecht: »Es geht mir besser. Ich komme mit. Muss doch sehen, ob die Jungs ordentlich was eingefahren haben.« Er sprach von seinem Sohn und seinem Neffen, die das Geschäft bald übernehmen sollten. »Außerdem will ich das Feuerwerk beäugen.«

»Hauptsache, du willst nichts anderes beäugen«, sagte Engel

sanft. Und auch diesmal lag keine offensichtliche Drohung in den Worten.

Dennoch konnte sich Leberecht eine Frage nicht verkneifen: »Hast du vorhin einen Witz gemacht?«

Engel öffnete die Tür zur Straße. »Einen Witz? Worüber?«

Der Festlärm brandete vom Hafen her an ihre Ohren, Engel trat nach draußen, Leberecht direkt hinter ihm. Dessen Gesicht war nicht mehr ganz so grau wie vorhin.

»Na, als du dem Doc gesagt hast, dass du ihn abstichst, wenn er dein Messer nicht hinlegt.«

»Ich habe es subtiler ausgedrückt.«

»Weiß ich ja, aber was ich wissen will, ist: Hast du's so gemeint? Hättest du ihn ...« Sie gingen nebeneinanderher auf das Festgelände zu. Die Reste der alten Rheinbrücke ragten sowohl auf der hiesigen Rheinseite als auch drüben am rheinland-pfälzischen Ufer bei Hamm auf wie hässliche Überbleibsel barbarischer Zeiten.

»Es interessiert dich wirklich, ja?« Engel lächelte vor sich hin. Leberecht konnte das nicht sehen, denn er lief einen halben Schritt hinter dem Clown. Er hatte Mühe zu folgen. Er keuchte etwas. Engel sagte: »Die Antwort ist ...«, er machte eine lange Pause – und es schien, als müsse er ernsthaft überlegen, »... ich weiß es nicht.«

2

Fischer trug seine grüne Polizeiuniform mit Krawatte und Schirmmütze trotz der Hitze und obwohl er nicht im Dienst war. Gerhild hatte versucht es ihm auszureden, aber er war stur geblieben. Jetzt standen sie neben dem blau-weißen Festzelt und unterhielten sich mit Gisela Rodalke, ihrem Bruder Heiner und dessen Freund Peter Dellworm. »Ich dachte immer, du bist bei der Kripo«, rief Gisela gegen den Lärm des Festes an, »tragen die drüben bei euch Uniform?«

»Lui ist erst in der Ausbildung«, antwortete Gerhild schnell, »noch ist er bei der Schutzpolizei. Aber heute ist er privat hier. Ich frage mich auch, warum er unbedingt wie ein Oberförster herumlaufen muss.« Sie wies auf einen Beamten der Wasserschutzpolizei, der gerade in der Nähe vorbeiging. »Wenn er so eine schicke blaue Uniform hätte, würde ich gar nichts sagen, aber so ...« Sie brach ab, weil Fischers Blick recht finster wurde, als er sie nun ansah. »Ich wohne in Mainz und fühle mich als Rheinland-Pfälzer«, sagte er. »Aber geboren bin ich in Gernsheim, und ...«

»... und da wolltest du ein bisschen angeben«, kicherte Peter Dellworm, dann wurde er lauter: »Schaut her, ich bin's, Hessens talentiertester Schaufenstereinschmeißer und Polizeiwagenreifenaufschlitzer der Vergangenheit, heute Gesetzesvertreter im benachbarten Ausland.«

»Da hat er aber doch recht, wenn er darauf stolz ist«, sagte Gisela.

Fischer sah sie zum ersten Mal bewusst an, seit sie sich hier vor zwei Minuten zufällig am Zelt getroffen hatten. Er kannte Gisela und ihre Begleiter aus seiner Kindheit und Jugend. Gisela war sechs Jahre älter als er, nur deshalb hatte sie seinerzeit nicht in sein Beuteschema gepasst, reizvoll aber war sie für ihn durchaus gewesen.

Das galt auch jetzt. Gerade jetzt. Die üppige, honigblonde Haarmähne rahmte ihr Gesicht mit dem breiten, lachbereiten Mund ein. Ihre Augen waren von einem derart durchdringenden Blau, als habe man es digital bearbeitet. Sie hatte etwas Nordisches an sich, derb und zart gleichermaßen – fast wie Gerhild, dachte Fischer. Wangen und Stirn glänzten vor Schweiß, jedes Wort, das sie sagte, begleitete Gisela mit großen Bewegungen ihrer Arme. Sie trug eine Art Dirndl, das einen umfassenden Blick auf ihren ausladenden Busen zuließ. Auch dort glitzerten einige Schweißperlen. Fischer gönnte sich einen Augenblick des Bedauerns nicht wahrgenommener Möglichkeiten. Aber jetzt gab es Gerhild in seinem Leben. Und da musste man verpassten Gelegenheiten wahrlich nicht nachtrauern.

Heiner Rodalke blickte über die Gläser seiner randlosen Intellektuellenbrille hinweg Fischer und Gerhild an. Er war klein, schmal und mit einer sehr langen, sehr geraden Nase ausgestattet. Wie sein langjähriger Freund, der moppelige Architekt Dellworm, stammte auch er aus Gernsheim und wohnte seit Kurzem drüben im rheinhessischen Eich. Er ließ seine leicht singende Stimme vernehmen: »Lui, wart ihr schon bei diesem Clown?«

»Clown? Bei welchem Clown?«, fragte Fischer.

Dellworm mischte sich ein: »Na, dieser Gruselclown. Etwas Besonderes, wirklich. Eine ganz neue Masche. So etwas hast du noch nicht gesehen. Wir waren vorhin im Zelt. Der tritt nachher, kurz vor dem Feuerwerk, noch mal auf. Der ist so ungewöhnlich, der hat sogar unseren guten Heiner fasziniert.«

Rodalke bestätigte: »Ich gebe es zu. Normalerweise bin ich kein Freund von Spaßmachern auf Jahrmärkten, aber dieser Mensch ...

Also, wenn ihr ihn noch nicht gesehen habt, um halb zehn tritt er ein letztes Mal auf.«

Gerhild blickte auf ihre Armbanduhr. »In einer Viertelstunde. Lui, ich hab das Plakat gesehen. Der *Hofnarr des Teufels* nennt er sich. Du stehst ja auch nicht auf so etwas, aber wenn wir sowieso das Feuerwerk noch mitnehmen wollen, dann können wir uns auch vorher die Show ansehen. Oder?«

»*Hofnarr des Teufels?*« Fischer seufzte und wandte sich an Heiner, den er noch am ehesten auf seiner Seite wähnte: »Wenn es ein bisschen religiös, magisch oder esoterisch klingt, ist meine Gerhild sofort dabei.« Die Angesprochene knuffte ihn unsanft in die Seite, aber er ließ sich nicht aufhalten. »Sie spielt allen Ernstes mit dem Gedanken, so einer Gemeinde beizutreten.«

»Einer Kirche oder einer Sekte?«, fragte Gisela, und ihre ohnehin rot glühenden Wangen bekamen noch mehr Farbe. Fischer sah keine Ablehnung, sondern echtes Interesse in Giselas Gesicht.

Heiner schien das Thema nicht zuzusagen, er versuchte es abzuwürgen. »Bei der Darbietung dieses Clowns im Zelt geht es nicht um irgendeinen faulen Mythenzauber, das ist einfach ein begabter Artist. Ich weiß das wohl zu trennen, Lui. Mit Scharlatanen habe ich es auch nicht so. Aber diesen Mann kannst du dir ruhigen Gewissens ansehen.«

Fischer grinste erst Gisela und Gerhild an, dann Peter Dellworm und Heiner Rodalke.

»Wenn du das sagst, Heiner, dann wird es wohl stimmen.« Und zu Gerhild sagte er: »Gut, gehen wir hin.«

Er blickte in Giselas blaue Augen, die jetzt so leuchteten, dass er sich eine Sekunde lang wünschte, dieses Leuchten würde ihm gelten. Aber als sich Gerhild bei ihm einhakte, um neben ihm zum Festzelt zu gehen, bekam er ein schlechtes Gewissen.

3

Die übergroßen Schuhe passten zum herkömmlichen Bild. Ebenso die große, rote Fliege am Kragen eines weißen Hemdes. Aber bereits der Anzug war anders. Schwarz die modische Hose, allerdings mit hellen Schatten, die die Form von Beinknochen hatten.

Auf der schwarzen, zugeknöpften Weste konnte man verschwommen das Skelett des Brustkorbes erkennen. Das Gesicht war bleich, mit hohen, graublau schimmernden Wangenknochen.

Die Augen waren großflächig so dezent geschminkt, dass die einen den Besitzer für einen etwas blassen Knaben halten konnten, die anderen aber durchaus für die Verkörperung des Sensenmannes. Die knallrote kleine, runde Clownsnase stach fast brutal aus dieser Symphonie in Graublau hervor.

Das Ganze wurde gekrönt von einer roten, mit Schellen besetzten Kappe, wie sie die Hofnarren mittelalterlicher Könige trugen.

Auch die Haltung des Mannes in diesem Kostüm war ungewöhnlich. Er stand, das rechte Bein vor das linke gesetzt, als wäre er ein Ballettlehrer, der sich auf die Präsentation eines wichtigen Schrittes vorbereitet. Das sah angesichts der sehr großen Schuhe besonders bizarr aus. Der Oberkörper war leicht vorgebeugt und der Hals extrem verdreht – als sei der Kopf schief auf ihm angewachsen.

Die sehr langen Arme baumelten an den Schultern, als habe sie eine überbeschäftigte Schneiderin für ein paar Minuten an den Körper gehängt, um sie gleich wieder abzuholen.

Fischer hatte den Eindruck, als würde der Mann ausschließlich ihn fixieren. Später würde er erfahren, dass es auch anderen Zuschauern so erging. Und noch viel später sollte er in einer Zeitschrift etwas über den »Mona-Lisa-Effekt« lesen, den der magische Clown dort oben auf der Bühne so effektvoll einzusetzen verstünde.

Gisela Rodalke, ihr Bruder Heiner und Peter Dellworm hatten recht gehabt. Von dieser Gestalt auf der Bühne ging eine unheimliche und ungewöhnliche Faszination aus, noch bevor sein Programm begonnen hatte.

»Man merkt gar nicht, wie viele Menschen hier sind«, flüsterte Gerhild in Fischers Ohr. Es war tatsächlich ungewöhnlich still im Zelt. Der Musiklärm von außen kam nur gefiltert herein. Hier drinnen herrschten die Spannung und er: *Der Hofnarr des Teufels*.

Zu Beginn vor einer halben Minute war er in einem Lichtgewitter im noch tosenden Stimmengewirr der Festbesucher erschienen, hatte sich so in Positur gestellt, wie er jetzt noch stand, und dann ganz langsam den Zeigefinger der rechten Hand an die Lippen geführt. Sofort war es stiller geworden.

Jetzt bewegte sich der schiefe Kopf auf dem Hals, bis er senkrecht stand. Am Rest des Körpers regte sich nichts. Der Mund öffnete sich und dumpfe, melodische Summlaute drangen durch das Zelt, erst leise, dann lauter werdend.

›Mutig‹, dachte Fischer, ›und selbstbewusst. Er scheint allen Ernstes davon auszugehen, dass es immer still genug ist, dort, wo er auftritt.‹

Gisela Rodalke stand dicht bei Fischer. Nur Gerhilds Körper war zwischen ihnen.

Während beide Frauen gebannt zur Bühne starrten, streifte Fischers Blick Giselas Gesicht. Was er in ihrer Mimik las, war blankes Entzücken. Einen solchen Gesichtsausdruck hatten die Fans der Beatles in deren Spitzenzeit in den Sechzigern gehabt. Kein Grund zum Wundern, wenn Gisela jetzt kreischen und in Ohnmacht fallen würde.

Die Stille im Zelt, nur durch den anschwellenden Sing-Sang des Clowns unterbrochen, war unheimlich.

Ein Schweißtropfen löste sich von Giselas Ohr und tropfte auf ihre nackte Schulter.

Jetzt formten sich die Töne zu einer Melodie: »Killing me softly.«

Gisela beugte sich so weit vor, dass ihr Kopf zwischen denen der Leute verschwand, die vor ihr standen. Fischer spürte, wie fest sich Gerhilds Hände um seinen rechten Oberarm geschlossen hatten. Sie krallte sich förmlich an ihm fest. Er erinnerte sich, mit wie viel Sorgfalt sie am Vormittag sein Uniformhemd gebügelt hatte, nachdem ihr klar geworden war, dass er sich nicht davon abhalten lassen würde, die Uniform zum Fest zu tragen. Jetzt verkrumpelte sie ihm das Hemd gründlich.

»Liebe«, sagte der Clown auf der Bühne, und es schien, als würde er gleichzeitig weitersummen, aber das waren einige der Zuschauer. Der Mann sprach weiter: »Liebe ist Leben und Leben ist Licht.« Er hob ruckartig die rechte Hand und ein Stroboskop-Scheinwerfer zuckte grellweiß auf und erlosch wieder.

Der Clown sang leise den Text: »Killing me softly with this song.«

Aus dem Publikum summten immer mehr mit: »Killing me softly.«

Gisela drängte sich vor Gerhild, schob sich dicht an ihr vorbei, bis sie vor Fischer stand. Ihr honigblondes Haar war direkt unter seiner Nase. Es roch nach einer Mischung aus Shampoo, Bier und Bratwurst. Ihr Körper war an Fischers Körper gepresst, aber der wusste, diese Nähe galt nicht ihm. Gerhild krallte sich noch fester um seinen Oberarm.

Sekunden später ließ sich Gisela Rodalke durch die Leibermenge weiter Richtung Bühne treiben.

Fischer suchte mit den Augen nach ihrem Bruder Heiner und nach Peter Dellworm, fand sie aber nicht auf Anhieb, obwohl sie vor wenigen Minuten noch in Giselas Nähe gestanden hatten.

»Liebe ist Leben, Leben ist Licht.« Die Stimme des Clowns wurde lauter: »Licht ist Freude und Lachen.« Jetzt übernahmen die Lautsprecher im Zelt es, »Killing me softly« zu spielen. Eine Instrumental-Version.

»Liebe ist Leben, Liebe ist Licht, ist Freude und Lachen – und all das kennt nur ein Ende! Den Tod! Tod ist Angst, Tod ist Trauer. Sagt man.«

Er stand jetzt breitbeinig auf der Bühne, wie ein Westernheld auf der Hauptstraße von Dodge City beim Duell.

»Glaubt denen nicht, die sagen, dass es hinterher nichts mehr zu lachen gäbe. Hier steht einer, der euch das Lachen zeigt, das im Dunkel liegt. Einer, der euch lehrt, dass Zähneknirschen sexy sein kann, dass eine Gänsehaut besonders intensiv gestreichelt werden muss und dass Angstschweiß ein naher Verwandter des Lustschweißes ist. Und vor allem steht hier einer, der weiß, dass die letzten Worte oft die witzigsten Worte sind.«

Während er sprach, war das Licht gedimmt worden. Die Melodie war mitgelaufen, aber allmählich leiser geworden.

»Hier steht nicht der Witzbold des Königs oder der Scherzkeks des Kaisers, hier wartet auf euch …« Er schüttelte kurz seine Narrenkappe, so dass die vier Glöckchen hell aufklangen. »... der *Hofnarr des Teufels!*«

Gisela war im Gewimmel der Zuschauer in Richtung Bühne verschwunden. Gerhilds Klammergriff ließ nach.

4

Gisela rannte noch vor dem Ende der Vorstellung nach Hause. Duschen! Vorher! Unbedingt!

Sie hatte bis Anfang des Jahres mit ihrem Bruder Heiner in einer Doppelhaushälfte im Ortskern von Gernsheim gewohnt, jetzt besaß sie eine kleine Zweizimmer-Eigentumswohnung in der Schillerstraße.

Seit Heiner in Eich wohnte, auf der anderen Rheinseite, war ihr Verhältnis zueinander wieder besser geworden. Nachdem sie sich fünf Jahre lang in der ererbten Immobilie gegenseitig das Leben schwer gemacht hatten.

Ihre Temperamente waren auf Dauer nicht vereinbar. Heiner, der konservative Schriftsteller, Musikforscher und Philosoph, und Gisela, die lebenslustige Bankkassiererin ohne feste Bindung.

Als Gisela ihre Wohnungstür aufschloss, hörte sie ihr Telefon schnarren. Sie hatte bewusst den Fünfziger-Jahre-Ton ausgewählt. Das war bei ihr in vielen Bereichen des Lebens so: Was anderen auf die Nerven ging, war für sie oft antörnend.

»Ich hab's eilig«, schnatterte sie ins Telefon, ohne sich mit Namen zu melden. Sie klemmte sich das Mobilteil ihres Telefons zwischen Ohr und Schulter, tänzelte dabei zum engen Badezimmer, öffnete die Tür mit der Linken, begann mit der Rechten an ihrem Dirndl zu nesteln und inspizierte mit einem Blick, ob alles im Badezimmer vorhanden war, was sie für einen kurzen, aber nötigen Körper-Check benötigte.

»Gisela, wo steckst du? Hältst du es neuerdings für angebracht, dich einfach so, ohne Verabschiedung, zu entfernen?«

Heiner. Es war wirklich besser, dass sie sich nicht mehr so oft trafen. An dieser Reaktion hier sah man doch, dass er ein unverbesserlicher Kontrollfreak war.

»Bruderherz, ich bin nicht abgehauen. Das würde ich dir und Peter niemals antun. Ihr seid zwei Männer von altem Schrot und Korn ...« Sie streifte das Dirndl ab »... nie würde ich es wagen, unhöflich zu euch zu sein. Du würdest am liebsten die Todesstrafe wieder einführen, wenn jemand Diener oder Hofknicks vergisst.«

Ein Blick in den Spiegel zeigte ihr, dass sie das, was sie dort sah, mit berechtigtem Stolz dem Mann ihrer Wahl anbieten konnte.

»Aber ich sehe dich hier nirgends im Zelt. Der Clown ist gerade fertig geworden, aber du bist nirgends zu sehen. Ich dachte, du bist so wild auf ihn.« ›Du hast keine Ahnung, wie wild‹, dachte Gisela und schraubte die Shampoo-Flasche auf.

»Ich bin kurz zu Hause, in ein paar Minuten bin ich wieder da. Und damit es nicht zu lange dauert, lass uns jetzt Schluss machen.«

»Du bist zu Hause? Wieso gehst du zwischendurch nach Hause? Peter und ich wollten mit dir besprechen, ob wir gemeinsam den Abend ausklingen lassen. Lui Fischer und seine reizende Freundin hätten sicher auch noch Lust. Wir stehen jetzt etwas unkommod vor dem Zelt herum, weil du unbedingt noch mal nach Hause laufen musstest. Was gibt es denn so Dringendes?«

Gisela wurde allmählich wütend. Sie mochte den Geruch getrockneten Schweißes nicht mehr auf ihrer nackten Haut. Irgendwie fror sie auch.

Die Dusche wartete.

»Ich will mich nur ein bisschen frisch machen ...«

»Frisch machen? Wir wollen doch höchstens noch für ein Stündchen irgendwo einkehren. Lui Fischer muss ja noch über das Ried nach Mainz fahren. Und ich übernachte wohl bei Peter ... – wenn mir schon meine eigene Schwester nicht anbietet, bei ihr zu übernachten.«

»Ich will mich nicht für Herrn Fischer frisch machen.« Gisela überlegte, ob sie den Hörer einfach weglegen sollte. Sie hockte sich kurz auf das WC-Becken, lauschte zornig dem Wasser, das aus ihrem Körper sprudelte, und wünschte sich, das Geräusch des Wassers aus der Dusche zu vernehmen.

»Was ist denn das schon wieder für ein renitenter Unterton? Nicht für Herrn Fischer frisch machen. Niemand verlangt, dass du dich für ihn frisch machst. Wir haben ihn zufällig getroffen, wir müssen uns überhaupt nicht mit ihm und Gerhild irgendwo hinsetzen, ich dachte nur, es wäre ein netter Abschluss, auch weil wir beide uns nicht mehr so oft sehen.«

Da war er wieder, der Ton, den Gisela so an ihrem Bruder hasste.

»Ich merke mal wieder, dass es richtig ist, dass wir uns nicht so oft sehen«, stieß sie hervor. »Und auch deinen Peter Dellworm muss ich nicht dauernd sehen.«

»Was hat denn, bitte schön, Peter damit zu tun«, bellte Heiner Rodalke in das Ohr seiner Schwester. Seine Stimme war allgemein nicht sehr kräftig, weshalb sie bei lauteren Tönen unangenehm schepperte.

Gisela verließ die Toilette, spülte, stand vor der Duschwanne und setzte einen Fuß auf deren unteren Rand. Sie musste jetzt duschen. Sie wollte nicht riskieren, dass der Clown dachte, sie habe die Verabredung vergessen.

Ihr Bruder nervte. Sie hatte nicht vorgehabt, ihn und seine Begleiter heute noch einmal zu sehen.

Auf dem Weg zu ihrer Wohnung hatte sie Heiner, Peter, Lui und dessen Freundin – wie hieß sie doch gleich ... Gerhild, richtig – total verdrängt. Sie fieberte nur *ihm* entgegen. »Sie verändern mein Leben!« Diese Worte hatte sie in sein Ohr geraunt, und das sollte jetzt auch geschehen.

Gisela drehte die Dusche an, beugte sich mit dem Hörer vom Wasserstrahl weg.

»Sprichst du nicht mehr mit mir?« Heiner war im Moment wie ein lästiges Insekt, das nahe an einem vorbeisummt, seine Kreise dreht, um dann wieder und wieder den ungeschützten Kopf zu attackieren.

»Ich dusche jetzt!«, verkündete sie.

»Was war mit Peter? Was hast du gegen Peter?« Ihr Bruder ließ nicht locker. Seit Jahren hatte Gisela den Verdacht, dass Heiner sie mit seinem etwas proletenhaften Freund verkuppeln wollte. Aber jetzt war entschieden nicht der Zeitpunkt, darüber zu diskutieren.

»Ich hab's mir überlegt«, rief sie gegen das Wasserrauschen an, »wir sehen uns heute doch nicht mehr. Geh mit deinen Leuten, wohin du willst.«

Damit wollte sie auflegen, ließ es dann aber doch noch zu, dass ihr Bruder ein letztes Mal zu Wort kam. »Was soll denn das jetzt, Gisela. So kannst du mit mir nicht umgehen. Was ist los? Warum rennst du nach Hause und duschst um diese Zeit?«

Es reichte nun endgültig. Gisela sah keine Möglichkeit mehr, die Eskalation zu vermeiden. Sie wusste, wie sie Heiner fertig machen konnte. Sie riss die Sprechmuschel ganz dicht an ihre Lippen. Ihre Stimme war leise und kalt, ihre Aussprache überdeutlich: »Ich wasche meinen Körper, damit Platz für neuen Schweiß da ist, denn ich habe die Absicht, mich heute Nacht besinnungslos vögeln zu lassen. Over and out.« Sie knallte den Hörer im Flur auf das Basisgerät und sprang unter die Brause. Einen Sekundenbruchteil bereute sie, so heftig geworden zu sein, aber dann dachte sie nur noch an *ihn*!

5

Fischer und Gerhild küssten sich. Das taten sie oft, denn schließlich waren sie ein Paar. Dieser Kuss hier war aber etwas Besonderes. Er fand mit dem letzten großen Knall des Feuerwerkes über Gernsheim statt. Sie hatten sich vorgenommen, diesen Moment zum großen Kuss zu nutzen. Sie waren schon zweimal zu früh dran gewesen. Nun waren sie sich beide sicher, dass dies wirklich der letzte Knall war. Sie standen neben einem Kettenkarussell, blickten hinüber zum Hafen und zum verlöschenden Feuerwerk und küssten sich weiter.

Nachdem sie sich voneinander gelöst hatten, sagte Gerhild: »Diese Gisela ist verschwunden, als wir noch im Zelt waren, und die beiden Männer haben sich beim Feuerwerk verkrümelt. Hatte der ältere nicht vor, mit uns noch ein Gläschen zu trinken?«

Fischer streichelte Gerhild sanft über die Wange: »Vermisst du die Jungs?« »Nein, wenn du das Mädchen nicht vermisst!«

Er küsste sie wieder.

* * *

Wolfram Engel ließ sein Bühnenhemd mit den aufgemalten Knochen auf der Bank liegen und zog seine schwarze Lederjacke über den nackten Oberkörper. In der rechten Seitentasche fühlte er durch das Futteral das Messer.

Es war vorbei. Er war enttäuscht. Als wäre ihm eine Illusion genommen worden, von der er gar nicht wusste, dass sie ihn beherrschte. Sie hatten es zwischen Stoffballen, Kisten und Kleiderständern kurz und sehr heftig miteinander getrieben. Rein technisch war er auf seine Kosten gekommen, aber dann sagte sie gleich hinterher: »Guuut!«, und nach einer Pause: »Ich heiße Gisela, aber mein Leben haben Sie doch nicht verändert. Komisch, eigentlich war ich mir ganz sicher.« Da fühlte er sich plötzlich miserabel.

Auch er hatte mehr erwartet.

Nun stand sie ihm gegenüber, in dem einfachen roten Kleid, das sie mit dem Dirndl vertauscht hatte, legte beide Hände auf seine Schultern und sah ihn mit ihren unglaublich blauen Huskyaugen an: »Du brauchst mir deinen Namen nicht zu sagen, ich habe ihn im Zelt von jemandem gehört, der dich kennt. Engel! Schade, wahrscheinlich ist es der Engel in dir, der dem Teufel nicht ganz erlaubt, rauszukommen. Tschau!« Damit ließ sie ihn stehen, drehte sich um und wollte die Stätte ihres Zusammenseins verlassen. Sie stolperte über einen Stoffballen und landete mit den Knien auf dem Ballen.

Ein Mann stand plötzlich vor ihr. »Gisela«, der Mann klang nicht verwundert, sondern zornig.

Engel bückte sich, um Gisela aufzuhelfen – ihre kniende Haltung vor diesem Mann war unwürdig. Als er sich bückte, verhedderte sich seine Jacke im Gestänge eines Garderobenständers, dabei fiel das Messer heraus. Im selben Augenblick erschien hinter dem ersten ein weiterer Mann. »Heiner«, sagte er, »hier ist sie sicher nicht ...« Als dieser Mann Gisela sah, war er nur zu einem »Oh!« fähig.

* * *

Fischer und Gerhild hatten noch ein paar Bekannte aus früheren Zelten getroffen und sich verplaudert. Jetzt waren sie auf dem Weg zum Parkplatz. Dabei kamen sie am Zelt vorbei. Helfer begannen die Innendekoration abzubauen. »Die fangen aber sehr früh an«, wunderte sich Gerhild. »Morgen Abend ahnt keiner mehr, dass hier jemals ein Zelt gestanden hat«, sagte Fischer etwas großspurig.

Sie gingen weiter, zielgleich mit Besuchern, die wie sie den Festplatz verlassen wollten.

Dann hörten sie den unterdrückten Schrei. Beide wirbelten herum und sahen vor dem Eingang des Zeltes eine Frau in einem roten Kleid, die grotesk taumelte und mit den Armen ruderte, als wolle sie versuchen, etwas zu greifen, das sich hinter ihrem Rücken befand. Gerhild rief: »Lui, das ist Gisela!«

Fischer war nicht rechtzeitig bei ihr. Gisela Rodalke brach zusammen, ohne dass er sie auffangen konnte. Es erklang ein schrecklich vulgäres Platschen! Das rote Kleid verhinderte, dass er auf den ersten Blick das Blut sah. Dafür aber sah er das, wonach Giselas Hände so verzweifelt gesucht hatten. – Das Messer steckte weit oben zwischen den Schulterblättern.

Zweiter Teil
H e u t e

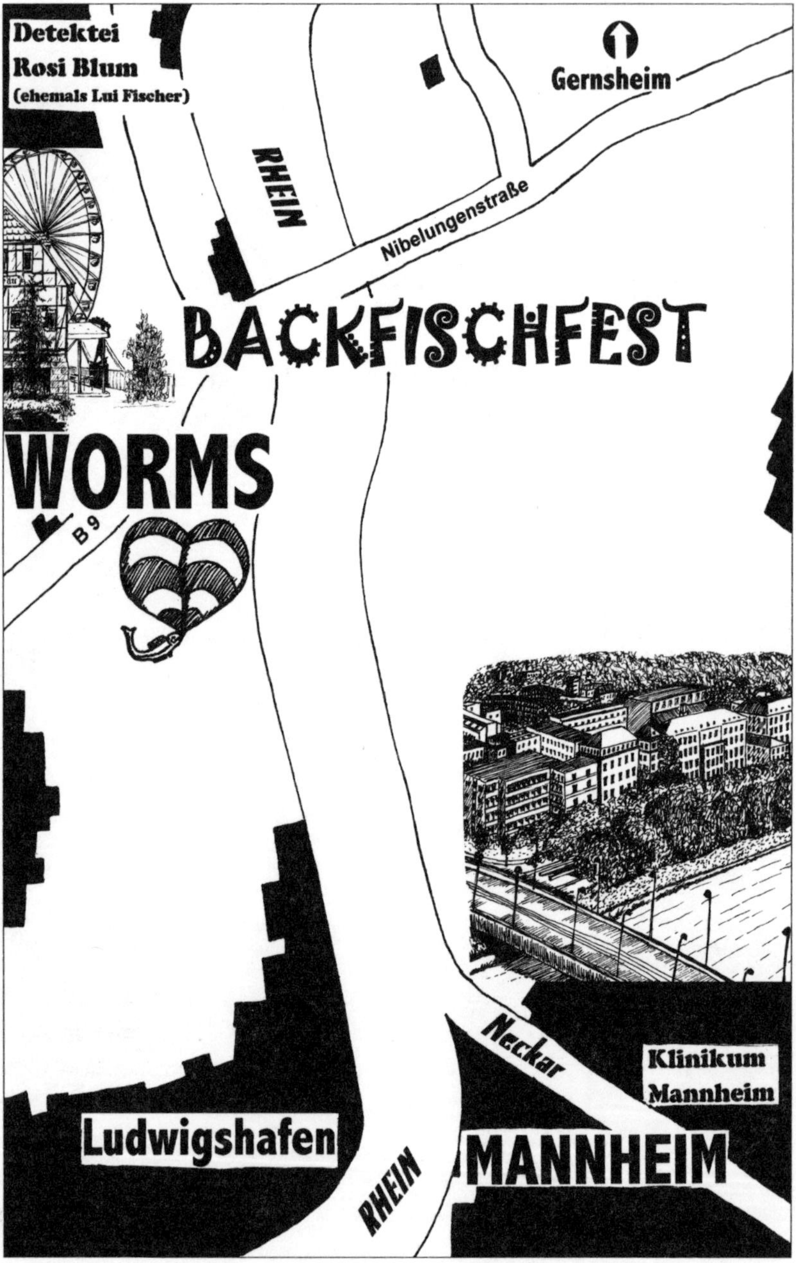

Detektei
Rosi Blum
(ehemals Lui Fischer)
Gernsheim
RHEIN
Nibelungenstraße
BACKFISCHFEST
WORMS
B9
Neckar
Klinikum
Mannheim
Ludwigshafen
MANNHEIM
RHEIN

6

Backfischfest – Freitag

Das Telefon läutete, Rosi hob ab. Sie zögerte kurz, dann meldete sie sich: »Detektei Blum.«

»Wieso Blum? Ist der Chef nicht da?« Die Stimme gehörte einem Mann, klang heiser und wirkte gehetzt.

»Chef?«, sagte Rosi fragend, obwohl sie sich denken konnte, wen der Anrufer meinte.

»Ist er nicht da?« Als Rosi nicht sofort antwortete, legte er nach: »Haben Sie die Sprache verloren? Ist Ihr Chef da oder nicht? Das ist eine einfache Frage. Das kann ja nicht so schwer sein.« Der Mann war fraglos ungehalten.

»Ich glaube, ich muss etwas klarstellen«, sagte Rosi mit leisem Seufzen, »Sie wollen Herrn Fischer sprechen, nicht wahr?«

»Ja, wen denn sonst?! Ich hab doch die richtige Nummer gewählt, oder?«

»Ja, entschuldigen Sie. Herr Fischer hat seine Tätigkeit als Detektiv aufgegeben.«

Einen Moment herrschte Stille. Dann schluckte der Mann sehr laut.

»Ist das wahr, aufgegeben?«

»Ja, es tut mir leid. Er übt den Beruf nicht mehr aus.«

Es dauerte wieder einen Augenblick, bis eine Reaktion kam. Dann räusperte sich Rosis Gesprächspartner und sagte mit nun klarer Stimme: »Das gefällt mir gar nicht.«

Rosi fragte: »Sind Sie ein Klient?«

»Nein, ein Bekannter, von früher. Von ... viel früher.«

»Wie viel früher?«

»Im alten Jahrtausend. Da war er noch bei der Kripo!«

Rosi musste lächeln. ›Herr Fischer hat es leider nicht ganz zur Kripo geschafft‹, dachte sie. ›Er hat den Polizeidienst als Schutzpolizist verlassen, bevor er die nötigen Prüfungen abgeschlossen hatte.‹ Laut sagte sie: »Sie wussten aber von seinem Berufswechsel und benötigen im Augenblick einen privaten Ermittler?«

»Ja, würde ich sonst anrufen?« Rosi fürchtete, dass Konversationen mit diesem Herrn nicht reibungslos ablaufen konnten. Trotzdem sagte ihr ihre innere Stimme, dass es noch etliche Unterhaltungen geben würde. »Ich schlage vor, wir fangen noch mal von vorn an«, sagte Rosi so einschmeichelnd, wie ihr möglich war. Als sie dem Klang ihrer eigenen Stimme nachlauschte, merkte sie, dass sie daran noch arbeiten musste. Ohne den Mann zu Wort kommen zu lassen, fuhr sie fort. »Mein Name ist Blum, ich habe vor exakt fünf Tagen Ludwig Fischers Detektiv-Büro in Worms-Hochheim übernommen. Ich war früher bei der Schutzpolizei, daher kenne ich auch Lui, äh, Herrn Fischer sehr gut. Ich habe zehn Jahre lang eine Detektei unter meinem Namen in Wiesbaden geleitet, an der ich auch heute noch beteiligt bin. Örtlich aber wollte ich mich schon immer in der Rhein-Neckar-Region positionieren, darum habe ich die Möglichkeit ergriffen, als mir Herr Fischer seine Detektei hier in Worms anbot.« Sie musste Luft holen nach dieser für sie langen Rede.

»Wieso hat der Fischer eigentlich aufgehört?«, fragte der Mann mit etwas friedlicherer Stimme.

»Nun, er hat private Gründe ...«, begann Rosi, um augenblicklich festzustellen, dass das die falsche Antwort war.

»Darauf wäre ich nie gekommen«, blaffte der Anrufer, »Fräulein, wenn ich einen Studenten frage, was er studiert, will ich nicht hören: ›Ich studiere.‹, sondern: ›Ich studiere Musik oder Philosophie oder Germanistik oder weiß der Teufel was.‹ Also, warum erzählen Sie mir nicht endlich, warum Fischer den Schwanz eingekniffen hat?!«

Fräulein hatte seit dem Ende des vorletzten Drittels der letzten hundert Jahre des vergangenen Jahrtausends kein Mensch mehr zu Rosi gesagt. Und von Schwanz einkneifen konnte bei Lui keine Rede sein. Rosi beschloss endgültig, den Anrufer vorläufig nicht zu mögen. Gleichzeitig aber war sie Geschäftsfrau genug, sich keinen potentiellen Klienten durch die Lappen gehen zu lassen. »Das Fräulein könnte sich vorstellen, Ihnen ein paar Details zu liefern«, sagte sie zuckersüß, »allerdings nicht ohne Gegenleistung.«

Sie hörte lautes Einatmen, der Anrufer schien eine heftige Entgegnung vorzubereiten, aber Rosi machte sofort weiter: »Sie sagen mir, wer Sie sind, woher Sie anrufen, und wie gut und von wo Sie Herrn Fischer seinerzeit kannten. Dann nenne ich Ihnen den Grund dafür, dass er weg ist, und Sie verkünden mir Ihr eigentliches Anliegen. Und wenn wir so weit sind, kann ich mir überlegen, was ich für Sie tun kann, und Sie entscheiden, ob Sie meine Dienste annehmen wollen. Ist das ein Wort?«

Einen Moment herrschte Stille. Der Mann schien sogar das Atmen eingestellt zu haben. Dann drang glucksendes, leises Lachen an Rosis Ohr. »Das war mehr als nur ein Wort.« Er kicherte noch einen Moment lang weiter. Danach war es wieder still.

»Ich wohne in Gernsheim«, sagte der Anrufer dann ruhig, »das ist der Ort, in dem Ludwig Fischer geboren ist.« Rosi wusste das, bestätigte es aber nicht, um den Redefluss des Anrufers nicht unnötig zu bremsen.

»Mein Name ist Dellworm. Ich kenne ihn von Kneipenbesuchen, Festen und ein paar Mal habe ich mich mit ihm und Heiner Rodalke hinterher getroffen.«

»Hinterher? Hinter was? Ich weiß nicht, wovon Sie sprechen, Herr Dellworm.«

»Hat er Ihnen nichts erzählt? Wo Sie ihn doch angeblich so gut kennen.«

Rosi seufzte: »Vielleicht hat er mir tatsächlich etwas erzählt, aber um das einordnen zu können, müssten Sie mir schon sagen, um was es sich handelt.«

»Okay, okay, okay, ich habe was getrunken. Ich habe sogar sehr viel getrunken. Sonst hätte ich gar nicht angerufen. Wahrscheinlich nicht. Is' sowieso 'ne Schnapsidee.«

Wieder herrschte Ruhe in Rosis weißem, kabellosem Telefonhörer.

»Herr Dellworm, Trunkenheit hin, Schnapsidee her, um was geht es?«

»Ach, der Heiner spinnt doch. Nur weil dieser Narr wieder da ist.«

Rosi versuchte das bisher Gehörte zu sortieren. »Heiner, ist das der, mit dem Sie sich mit Herrn Fischer ein paar Mal«, sie übertrieb die Betonung des nächsten Wortes, »hinterher getroffen haben?«

»Na, klar! Geht doch!«

»Und was ist damals passiert?«

»Der Narr hat Gisela umgebracht.«

»Wie bitte?«

»Sind Sie schon wieder schwerhörig? Der Hofnarr hat Gisela erstochen. Jedenfalls denkt der Heiner das. Und deshalb will er sich rächen und deshalb muss der Fischer ran, damit der Heiner keinen Blödsinn macht.«

Spuren von Erinnerungen kehrten zurück. Ja, Lui hatte ihr einmal etwas erzählt. Ein Mord bei einem Fest in Luis Heimatstadt Gernsheim, bei dem er anwesend war. Näheres war ihr im Augenblick nicht geläufig.

»War Gisela Heiners Frau?«, fragte sie und erhielt zum Lohn ein höhnisches Gelächter: »Frau, Heiner und Frauen?! Ha! Sie war seine Schwester! Hat Ludwig Ihnen das wirklich nicht ...«

Rosi zwang sich zur Ruhe. Es fiel ihr nicht leicht. »Er hat mal etwas erwähnt. Aber nicht ausführlich. Das muss gewesen sein, bevor ich ihn kennengelernt habe. Sagen Sie mir doch bitte, wann der Mord stattfand, Herr Dellworm.«

»Beim Fischerfest in Gernsheim. Beim Feuerwerk. 1997. Leck mich am Arsch, so lange ist das schon her. Da ist viel Wasser den Rhein runtergelaufen.«

Rosi hasste Plattitüden, zumal, wenn sie gelallt wurden, aber ihr Interesse war genug geweckt, um über den Zustand ihres Anrufers hinwegzusehen. »Ihr Freund Heiner ...«, begann Rosi, aber Dellworm ließ sie nicht ausreden »Freund? Ich glaube, er ist gar nicht mehr mein Freund. Da hat sich viel geändert, seit damals ...«

»Sagen Sie mir etwas über diesen Narren, den Sie eben erwähnten, Herr Dellworm?« Rosi tastete sich langsam vor.

Ein Lachen kam aus dem Hörer: »Ach so, Sie denken, das ist irgend so ein Idiot, ein Narr halt, oder?« Rosi schwieg und rollte die Augen. Ein Seufzen gestattete sie sich nicht.

»Nein, das ist ein echter Narr. Ein Hofnarr.« Dellworm machte eine winzige Pause. Danach klang seine Stimme ganz anders. Tiefer, weniger trunken. »Der *Hofnarr des Teufels!*«

Rosi saß an Lui Fischers ehemaligem weißen Schreibtisch in seinem ehemaligen Detektivbüro in Worms-Hochheim.

Es war ein warmer Tag, sie trug ein türkises ärmelloses T-Shirt, ihre nackten Arme waren milchkaffeebraun. Mit links hielt sie den Hörer, der rechte Unterarm ruhte auf dem Tisch. Sie hatte sich über die gesamte bisherige Dauer des Telefonats auf ihren Gesprächspartner konzentriert. Ihre Augen waren zunächst im Raum umhergeirrt, hatten das Schwarze Brett an der Wand gegenüber dem Schreibtisch gestreift, das eigentlich weiß war, und sich dann auf ihren rechten Unterarm fokussiert, ohne ihn eigentlich wahrzunehmen.

Jetzt nahm sie ihn wahr.

Sie sah, wie sich die kurzen, weichen, rotblonden Härchen aufstellten, fühlte gleichzeitig jenes unangenehm kribbelnde Gefühl, das man Gänsehaut nennt, am ganzen Körper, und gab dem Zwang nach, unter dem sich ihre Augen wieder dem Schwarzen Brett zuwandten. Dort prangte unter anderem ein Zeitungsausschnitt, den Lui dort noch hingeheftet haben musste:

Der Hofnarr des Teufels ist zurück!

Beim diesjährigen Backfischfest hat der Clown und Magier Wolfram

Engel seinen ersten Auftritt in der Region seit 1997. Wird er auch Gernsheim besuchen?

Der Rest des Artikels war zu klein gedruckt, als dass Rosi ihn von ihrem Platz aus hätte lesen können.

7

Der Besuch des Backfischfestes fing für Tina Vowinkel vielversprechend an. Ihre Freundin Simone hatte sie zur Fahrt auf dem Rollercoaster eingeladen und war mit ihr in der altmodischen Geisterbahn gewesen, die deshalb so toll wirkte, weil sie sich den ganz ausgefuchsten digitalen Möglichkeiten von heute versagte und mit altmodischem Schrecken hantierte. Tina hatte geschrien vor Angst und Vergnügen, als erst ein Pappmaché-Skelett grün leuchtend auf sie zuwackelte, und gleich darauf ein nasses Tuch um ihre Beine klatschte.

Es machte Simone Spaß, Tina einzuladen, denn sie hatte einen guten Job bei der Stadt Worms, während Tina vom Job-Center derselben Stadt das Arbeitslosengeld II erhielt. Tinas Freund Sascha konnte es sich auch nicht leisten, Tina einzuladen – außerdem übte er zurzeit immer mit seinem Bruder Bernd für dessen Teilnahme am Fischerstechen. Gut also, dass es Simone gab.

An diesem späten Samstagnachmittag war es warm, ohne übermäßig heiß zu sein. Tina trug einen roten Minirock und eine weiße, weit aufgeknöpfte Bluse mit einer winzigen, roten Weste. Alles gehörte Simone, aber am Ende des Abends würden die Klamotten sicher Tina gehören. Sie kannte ihre Freundin gut genug, um das vorauszusagen.

Sie standen nun in der Nähe des Neuner-Zeltes an einem Weinstand. Simone sagte: »Hast du das Plakat des Teufelsnarren schon gesehen?«

Tina hatte in ihrer Handtasche gekramt und fischte nun einen kleinen Rundspiegel hervor. »He, du hättest mir sagen können, dass meine Augen aussehen, als wenn mir einer draufgeschlagen hätte.«

»Das sind deine natürlichen Augenringe. So ähnlich sieht der Teufelsnarr auch aus.«

»Und so was nennt sich beste Freundin«, kicherte Tina und versuchte, sich vom Weinstand abwendend, an ihrem Augen-Make-up etwas Schadensbegrenzung mit einem Kleenex-Tuch zu betreiben. Sie musste dabei blinzeln und sah wenige Meter entfernt einen Anschlag an einer Plakatwand: *»Der Hofnarr des Teufels*. Während des Backfischfestes täglich zweimal im ›Hagenbräu‹ an der Rheinpromenade.« Als Sponsor stand neben einer einheimischen Bank und einem Versorgungsunternehmen auch der Name des Regionalfernsehsenders RLPN. Tina hatte vor zwei Jahren in der Kantine des Senders in Ludwigshafen gejobbt.

Was sie jetzt faszinierte, war das Bild des Mannes auf dem Plakat. Er stellte zweifellos den Tod dar. Düster, graublau, die Augen bewusst so geschminkt, wie Tinas Augen unabsichtlich aussahen. Dazu eine kleine, rote Clownsnase. Sexy!

»Ist er das?«, fragte sie Simone. Die folgte ihrem Blick und nickte dann heftig. »Und, gefällt er dir?«

»Sieht irgendwie geil aus«, sagte Tina und gab ihre Verschönerungsversuche auf. »Ich muss mich mal irgendwo richtig zurechtmachen«, sagte sie. Dann verstaute sie ihre Utensilien wieder in ihrer Handtasche und blickte auf ihre Armbanduhr. »Viertel vor«, sagte sie, »Um Voll tritt er wieder auf.« Mehr sagte sie nicht, denn sie merkte plötzlich, dass es einer Bettelei gleichkommen würde, wenn sie jetzt vorschlug, gemeinsam hinzugehen. Denn aus dem Plakattext ging hervor, dass die Vorstellungen des Magiers extra kosten würden. Tina konnte sich das nicht leisten. Und Simone hatte schon genug bezahlt.

»Ich muss gleich Steffen abholen. Sein Wagen ist in der Werkstatt«, erklärte Simone, »aber ich spendiere dir solange eine Hofnarren-Vorstellung. Keine Widerrede.«

Und so kam Tina zu einer Karte für den *Hofnarren des Teufels,* während Simone den Festplatz verließ, nicht ohne das Versprechen, dass sie sich in einer Stunde hier vor dem Weinstand am Neuner-Zelt wiedertreffen würden.

Dann begab sich Tina in das Lokal »Hagenbräu« am Hagendenkmal, direkt am Rhein, kämmte im dortigen Raum der Damentoilette ihr hüftlanges, schwarzes Haar und erneuerte ihr Augen-Make-up.

8

Rosi ärgerte sich über die Gänsehaut beim Entdecken des Artikels über den Hofnarren des Teufels. Sie war eine gestandene Detektivin von vierzig Jahren mit beinahe elf Jahren Berufserfahrung, die sie unter anderem in Frankfurts Finanz- und Rotlichtmilieu gesammelt hatte. Dort konnte es einen angesichts skrupelloser Fleisch- und Geld-Haie gruseln, und da war auch genug passiert, das ihr die Haare zu Berge stehen ließ. Sie wusste Angst einzuordnen, wusste sie als Regulierungsinstrument ihres jeweiligen Vorgehens zu nutzen, hatte sich aber bisher frei gefühlt von diesem jungmädchenhaften Schauder, der sie nun befiel.

Da sprangen ihr die Buchstaben von dem Artikel der Wormser Zeitung entgegen, und an ihrem Ohr hörte sie die Stimme ihres Anrufers: »Heiner sagt, der Teufel hat ihn wieder hergeschickt, weil sein Werk noch nicht vollendet ist. Egal, ob er nach Gernsheim oder Worms kommt, er ist wieder hier – und man muss ihm das Handwerk legen, sagt Heiner.«

Rosi versuchte eine klare Frage zu formulieren: »Wie heißt Ihr Heiner weiter, Herr Dellworm?«

»Rodalke. Heiner Rodalke. Vielleicht kennen Sie ihn doch. Wenn Ihnen der Fischer schon nichts erzählt hat. Er war Musiklehrer. Hat ein Buch über Wagner geschrieben: ›Harmonie und Urgewalt‹. War

2000 ein Sachbuch-Bestseller.« Dellworm klang nicht mehr betrunken.

Rosi nickte verstehend vor sich hin. »Richtig, ›Harmonie und Urgewalt. Wagner für offene Ohren‹, ich erinnere mich. Mein Vater ist Wagner-Fan und hat mich etwas angesteckt ...«

»Prima, auf dieser Ebene können wir reden.« Jetzt begleitete wieder leichtes Lallen Dellworms Worte. ›Jetzt kommt der Alkohol wieder durch‹, dachte Rosi beim Klang seiner Stimme.

Aber sie stoppte sich mitten in dem Gedanken. War der Mann überhaupt betrunken? Gewiss, er klang so, hatte es auch von sich behauptet, aber wie sagte doch Agatha Christies unsterblicher belgischer Detektiv Hercule Poirot sinngemäß?: *Es kommt nicht darauf an, was einer sagt, sondern auf das, was er tut.* Rosi gönnte es sich, diesen Gedanken kurz auf seine Substanz hin zu durchforsten.

Dellworm ließ ihr aber dazu keine Pause. Er artikulierte jetzt einwandfrei. »Heiner Rodalke war einer meiner engsten Freunde. Die Freundschaft ist, wie gesagt, ein wenig eingetrocknet in den letzten Jahren. Er hat sich in seine eigene Welt zurückgezogen – und da ist fast nur noch Platz für Gisela und für den, den er für ihren Mörder hält. Solange man von diesem Mann nicht viel gehört hat, ließ ihn Heiner so ruhen wie unsere Freundschaft. Seit einem Jahr aber scheint der *Hofnarr des Teufels* so etwas wie eine späte Karriere zu machen. Man liest mehr über ihn, und hin und wieder ist im Radio oder sogar im TV von ihm die Rede.«

Nein, Dellworm war nicht betrunken. Rosi war sich jetzt sicher. Nicht sicher war sie sich darüber, warum er behauptet hatte, es zu sein.

Der Mann fuhr fort, ohne eine Reaktion seiner Gesprächspartnerin abzuwarten. »Aber selbst das Medieninteresse hat es nicht vermocht, Heiners Rachegelüste besorgniserregend anzuheizen. Wir trafen uns in letzter Zeit zwar nicht so häufig wie früher, aber wenn wir uns sahen oder telefonierten, erwähnte er ihn nicht über Gebühr.«

»Seit wann machen Sie sich Sorgen?«, fragte Rosi in eine Atempause hinein.

»Seit klar ist, dass der Hofnarr zum Backfischfest kommt, und seit dieser Sender etwas über den Mord mit ihm in Gernsheim drehen will.«

Rosi stand auf, ging um den Schreibtisch herum zur Wand mit dem Schwarzen Brett und nahm den Artikel der Wormser Zeitung in die Hand.

Wolfram Engel (40) ist Clown, Zauberer und Bauchredner.

›Der ist genauso alt wie du, Rosi‹, sagte sie sich selbst in Gedanken. Gleichzeitig versuchte sie vergeblich, in dem düsteren Farbfoto des Fotografen der Wormser Zeitung das Gesicht des Hofnarren zu erkennen.

Galas und größere Volksfeste bereicherte er in den letzten zwölf Jahren mit seinen Programmen, die etwas aus dem Rahmen üblicher Clownsnummern fallen. Das Mystische und das Makabre machen einen großen Anteil seiner Nummern aus.

Dellworm sprach weiter: »Sagt Ihnen der Name Strauss etwas?«

Rosi verkniff sich alle Scherze über Franz Josef, Richard, Johann und Co. und sagte schlicht: »Nein!«

Das war der richtige Schachzug, denn auch Dellworm schien nicht über den Namen witzeln zu wollen. »Kenneth Strauss vom RLPN«, verkündete er mit immer reiner werdender Stimme, »hat eine Sendung angekündigt, die er in Gernsheim auf dem Fischerfestgelände und in Worms während des Backfischfestes mit Engel drehen will. Engel ist übrigens der Name des Teufelsnarren. Originell, was?«

Rosi klärte ihn nicht darüber auf, dass sie diese Information vor wenigen Sekunden in der Zeitung gelesen hatte.

Sie fragte stattdessen: »Der Film dieses Herrn Strauss in Gernsheim. Macht er das mit bewusstem Bezug auf den Mord an Herrn Rodalkes Schwester?«

»Ich denke, das soll sogar der Aufhänger sein. Ist ja auch spannend, immerhin war Engel damals der erste Verdächtige. Aber er war auch der erste, der wieder aus dem Schneider war. Das hat Heiner wahnsinnig gemacht. Für ihn stand von Anfang an fest ... He, Fräulein Blum. Ich rede und rede, jetzt sind Sie mal wieder dran.«

Rosi lachte leise auf. Die Ebene, die sie jetzt erreicht hatten, gefiel ihr wesentlich besser als der Beginn ihres Gesprächs. Vielleicht war es ja doch möglich, geschäftlich zusammenzukommen. »Gut, Herr Dellworm, Sie wollten wissen, warum Herr Fischer aufgegeben hat und wohin er will. Erstens, er hat vor einem Jahr zwei große menschliche Tragödien erleben müssen und deshalb beschlossen, sich zumindest beruflich nicht mehr mit den schwarzen Seiten der menschlichen Existenz zu beschäftigen.

Zweitens hat er nach vielen Jahren der Trennung eine neue Form der Verständigung zu seiner früheren Freundin Gerhild gefunden ...«

Dellworm unterbrach sie rasch: »Oh, die war doch im Irren... – in der Psychiatrischen, seit dieser Sektengeschichte, oder?«

»Ja, aber sie ist wieder draußen.«

»War ein tolles Mädel, jedenfalls damals. Ich habe sie ja seither nicht mehr gesehen. Ihr ist zu verdanken, dass Heiner dem Engel nicht damals schon den Schädel eingeschlagen hat.«

Rosi begann die näheren Umstände der Geschichte von damals unbedingt erfahren zu wollen. Dazu musste sie aber erst einmal ihren Teil der Vereinbarung einlösen. Also erzählte sie weiter: »Gerhild war die ganze Zeit im Norden, bei Husum. Dort ist auch die Klinik von Dr. Sannwald, in der sie lange behandelt wurde. Nun, im letzten Jahr war er oft oben und sie haben beschlossen, gemeinsam wieder etwas zu machen.«

»Heirat, Kinder, Tralala?«

Rosi lachte wieder leicht. »Zu alt wären sie beide noch nicht. Nicht mal für die Kinder. Aber ich glaube kaum, dass sie das planen.«

»Sie wissen, was sie wirklich vorhaben?«

»Ja, aber ich habe mein Wort gegeben, es auf Anfrage nur sehr vage zu formulieren.«

Dellworms Neugier schien ihn zu Tönen zu befähigen, die er wohl üblicherweise nicht anschlug. Rosi war neidisch auf den Schmelz in Dellworms Stimme. »Formulieren Sie es von mir aus vage, aber, bitte, formulieren Sie es! Was haben die beiden gemeinsam in Zukunft vor?«

Rosi holte tief Atem. Sie wusste, dass sie ihn jetzt enttäuschen würde: »Etwas Ökologisches.«

Dellworm schaltete wieder einmal blitzschnell um und wurde sachlich. »Gut, kommen wir zur Sache. Was ich brauche ist jemand, der auf Heiner Rodalke aufpasst, während Wolfram Engel in Gernsheim ist. Möglichst so, dass er nicht merkt, dass auf ihn aufgepasst wird. Auch wenn unsere Freundschaft etwas abgekühlt ist, fühle ich mich verantwortlich für den alten Burschen.«

Rosi überlegte nur kurz, dann fragte sie Dellworm: »Wenn Herr Fischer noch hier wäre und den Auftrag annehmen würde, dann könnte er sich schwerlich unentdeckt um Herrn Rodalke kümmern, immerhin kennen sich die beiden.«

»Oh doch, das ginge«, sagte Dellworm, »und falls Sie mit Herrn Fischer darüber sprechen und ihn doch herumkriegen könnten, den Fall anzunehmen, dann können Sie ihm sagen ...«

»Herr Dellworm, ich fürchte, Sie haben es noch nicht ganz realisiert«, unterbrach ihn Rosi, »Ludwig Fischer, wie Sie ihn nennen, Lui, wie ich ihn nenne, hat sein Büro und den Beruf aufgegeben und befindet sich zur Zeit im Umzug. Ein Teil seiner Möbel ist bereits in Husum, er selbst war heute zum letzten Mal in Worms, er hat sich heute Mittag persönlich von mir verabschiedet und ist jetzt mit dem Zug unterwegs in den hohen Norden. Sie haben also bei Ihrer Auftragsvergabe lediglich die Wahl zwischen mir und anderen Kollegen in Rheinland-Pfalz, aber selbstverständlich können Sie sich als Gernsheimer Patriot gern auch einen hessischen Privatdetektiv nehmen – nur Herr Fischer steht definitiv nicht mehr zur Verfügung.«

Dellworm schwieg gefühlte zwanzig Minuten und kaute dann die Worte hervor: »Roswitha Blum, ja?«

»So ist mein Name.«

»Sie hatten eine Detektei in Wiesbaden, die jetzt von Inge Brandt geleitet wird?«

Rosi war baff. »In der Tat, woher ...«

»Sie haben sich zeitweilig auf Nachforschungen im Frankfurter Rotlichtmilieu spezialisiert, sind aber später immer öfter als Bodyguard im Showgeschäft hervorgetreten. Haben für das Fernsehen in

Mainz gearbeitet, für Film- und Fernsehproduktionen in Wiesbaden und Frankfurt.«

Rosi lehnte sich in ihrem Bürostuhl zurück, den Hörer am Ohr, den Artikel über den *Hofnarren des Teufels* in der rechten Hand. ›So, so‹, dachte sie, ›verfügt der Herr Dellworm also über einen PC. Klar, auch im hessischen Ried ist die Zeit der Buschtrommeln vorbei. Und da hat unser Schlaukopf während des Gesprächs mal rasch auf meiner Homepage nachgeschaut.‹ Sie schaltete den Laptop auf ihrem Schreibtisch an. ›Mal sehen, wer du bist, Dellworm‹, dachte sie, aber ihr Gesprächspartner kam ihrer Maßnahme zuvor. »Mein Vorname ist Peter«, sagte er. »Ich bin 61 und von Beruf freier Architekt. Ich entwerfe hauptsächlich Häuser, interessiere mich aber hobbymäßig sehr für Brücken. Verheiratet bin ich mit einer ehemaligen rheinland-pfälzischen Weinkönigin aus Oppenheim.«

Rosis Bildschirm war inzwischen auch mit Infos über Herrn Dellworm gefüllt. Er war unter anderem Mitglied in einer Laienspielgruppe in Biblis, was zumindest zum Teil seinen Hang zum trunkenen Sprechen erklärte.

»So, Ihre Technik funktioniert, meine Technik funktioniert«, sagte Rosi. Dellworm lachte leise. Rosi fragte: »Haben Sie wirklich was getrunken?«

»Ein Bier. Der Rest war Test! Sie sind ganz gut damit umgegangen. Ich würde Sie gern engagieren, Frau Blum.«

»Ich habe Interesse. Schon wegen Lui. Ich würde Sie gern in Gernsheim aufsuchen. Ist das recht?«

»Ja, wie wär's mit morgen Nachmittag?«

»15 Uhr?«

»15 Uhr!«

Rosi notierte sich vom Bildschirm seine Adresse. »Eine vorläufig letzte Frage, Herr Dellworm ...«

»Bitte?!«

»Als ich vorhin zu bedenken gab, dass Herr Fischer, falls er Herrn Rodalke beschatten oder beobachten sollte, Schwierigkeiten damit hätte, weil sich die beiden doch kennen, da sagten Sie, dass das doch ginge. Wenn ich den Auftrag übernähme, wäre es etwas anderes.

Mich kennt er nicht …«

Dellworm lachte ein unfrohes Lachen. »Glauben Sie mir, Frau Blum ...« Rosi war dankbar, dass das *Fräulein* lediglich zu seiner Rolle als betrunkener Anrufer gehört zu haben schien, »Sie und Ludwig Fischer haben bei diesem Auftrag exakt die gleichen Voraussetzungen, was das Entdecken durch Heiner Rodalke betrifft.«

»Da bin ich aber gespannt.«

Die Stimme des Architekten aus Gernsheim klang sehr nüchtern, als er sagte: »Heiner Rodalke ist so gut wie blind!«

9

Fischer stieg im Mannheimer Hauptbahnhof aus dem Regional-Express. Direkt vor der Tür, durch die er den Zug verließ, befand sich auf dem Bahnsteigboden eine gelbe Markierung, und ein Schild wies darauf hin, dass nur hier geraucht werden dürfe. Ein großer, muskulöser Raucher stand neben dem verbeulten Blechaschenbecher und tippte mit der Hand an eine verwaschene, rote Schirmmütze mit der Aufschrift *Hells Angels.* »Meister, hast du den Zugführer bestochen?«

Fischer grinste. »Hallo, Alfons. Die Bahn hält immer noch automatisch an jedem Smoking Point, wenn ich an Bord bin.«

Der große Mann klopfte eine filterlose Zigarette aus einem verknautschten Päckchen und hielt es Fischer hin. Der seufzte: »Danke, lass mal. Ich glaube, ich werde es jetzt doch ganz aufgeben.«

»Na, ja, Gerhild wird's recht sein. Wenn du's durchhältst ...« Der Mann mit der roten Mütze und der ungewöhnlichen Aufschrift brach mit einem etwas verlegenen Lächeln ab. Er drückte den letzten Rest seiner Zigarette im Aschenbecher aus und griff automatisch zu Fischers großer Reisetasche.

»Alfons, das schaff ich noch allein.«

»Aber mir fällt's leichter, Meister, sei nicht zickig.« Mit diesen Worten packte sich Alfons Koop die Tasche und trat aus der gemalten Umzäunung des Raucherzwingers auf den *freien* Teil des Bahnsteigs. Er ging flotten Schrittes voran zur Rolltreppe. Fischer trabte ihm folgsam nach, es hätte keinen Sinn gehabt, Alfons Koop am Helfen zu hindern. Eher ließ er sich von Dummheiten abhalten als von dem Teil in sich, den Fischer einmal *Mutter Theresas Gen* genannt hatte.

Wenige Minuten später bestiegen die beiden Männer Koops neuestes Harley-Modell und verließen die Tiefgarage am Mannheimer Hauptbahnhof.

Fischer genoss die Fahrt. Er konnte sich keinen Fahrer vorstellen, der sicherer mit einem schweren Motorrad umging als Alfons Koop.

Während sie vom Bahnhof weg Richtung Neckar fuhren, musste Fischer an das erste Zusammentreffen mit dem Motorradhändler aus Lampertheim denken. Es hatte vor einigen Jahren recht gewalttätig begonnen, und eine der ersten Fragen, die Koop ihm gestellt hatte, lautete: »Gibt es irgendjemanden, der nach dir sucht, Schweinefresse?«

Damals war der Freundes- und Bekanntenkreis Fischers sehr überschaubar gewesen. Dass nach diesem Beginn ausgerechnet Alfons Koop zu einem von Fischers besten Freunden werden würde, war bei der Schlägerei in Fischers Wormser Büro nicht absehbar gewesen.

Nun hatte die Freundschaft sogar Koops Beziehung zu seiner damaligen Freundin und späteren Gattin Angela überdauert.

Inzwischen hatten sie sich gegenseitig mindestens einmal das Leben gerettet. ›Ja, das Leben geht seltsame Wege‹, dachte Fischer, ebenso realistisch wie floskelhaft.

Sie überquerten den Neckar auf der Friedrich-Ebert-Brücke. Der Fernsehturm rückte ins Blickfeld. Als sie am Theodor-Kutzer-Ufer vorbeifuhren, fiel Fischer eine Beobachtung ein, die er vor Jahren vom Fernsehturm aus gemacht hatte. Rechts vom am Neckarufer gelegenen Klinikum breitete sich hinter einem imposanten Säulenportal der Mannheimer Hauptfriedhof aus. Den Namen dieses Geländes würde Fischer nie vergessen. Er lautete: *Wohlgelegen.*

Koops Harley umrundete über die Käfertaler Straße und die Röntgenstraße das Gelände des Universitätsklinikums.

Am Theodor-Kutzer-Ufer schließlich war der Eingang zur Tiefgarage. Nicht weit vom Haupteingang entfernt parkte Koop. Er ließ es sich wieder einmal nicht nehmen, Fischers Tasche zu schleppen.

Sie erkundigten sich an der Information nach der Dermatologie, bekamen einen kleinen Lageplan für das gewaltige Gelände und marschierten los.

Sie gingen schweigend nebeneinander her, passierten die Cafeteria und seitlich davon den Taxiplatz. Als sie ein parkähnliches Gelände erreichten, fragte Koop: »An dem See da vorn wollte sie warten, oder?«

»Ich sehe sie noch nicht«, antwortete Fischer und spähte in Richtung eines runden Teiches, der von einigen Bänken gesäumt wurde. Hinter dem Gewässer ragte die Fassade des neu errichteten Gebäudes der Dermatologie auf, das Fischer bereits von einem kurzen Aufenthalt her kannte. Vor einem Jahr hatte er sich eine gutartige Geschwulst am Rücken entfernen lassen.

Direkt am Teich blieben sie stehen. Fischer sah auf seine Armbanduhr: »Wir sind etwas früh dran«, sagte er. Sie setzten sich auf eine Bank. Wieder schwiegen sie. Nach einer Minute fragte Koop unvermittelt: »Wenn du erst mal in Husum bist, meinst du, ich könnte mich dann mal mit deiner Rosi verabreden?«

»Das musst du mit Rosi ausmachen, ihr seid beide groß genug für so etwas.« Fischer fand seinen Beitrag zur Konversation genauso unsinnig wie den von Alfons Koop, aber er sah nicht ein, warum er ausgerechnet jetzt und hier und anlässlich einer solchen Frage seinen Geist blitzen lassen sollte.

»Heute Mittag warst du bei ihr?«, fragte Koop und suchte mit den Augen nach einem Aschenbecher. Der stand bei einer anderen Bank. Fischer folgte dem gierigen Blick seines Freundes, seufzte, stand auf und ging zu jener Bank hinüber. Koop folgte ihm dankbar mit der Reisetasche.

Während er sich mit einem leisen Stöhnen, das einen viel älteren Mann vermuten ließ, setzte, sagte Fischer: »Meinen offiziellen Abtrittsbesuch habe ich ihr schon vor ein paar Tagen abgestattet. Heute kam das letzte leise Servus. Mit Blümchen.«

»Und sie denkt, du wärst jetzt auf dem Weg zu Gerhild nach Husum?«

»Ja!«

»Und Edgar und Susanne denken das auch?«

»Ja!«

Koop rauchte, diesmal ohne Fischer eine Zigarette angeboten zu haben, und schielte zu ihm hinüber. Verlegenheit war in seinen Augen zu lesen, wie schon vorhin auf dem Bahnhof. Fischer sah ihm an, dass er mehr wissen wollte, dass er aber nicht zu fragen wagte. Ein Mann wie ein Schrank, sportlich, einer körperlichen Herausforderung nie aus dem Weg gehend, das war Alfons Koop. Er gewann ein Motocross-Rennen nach dem anderen, war ein begeisterter Fallschirm- und Bungee-Springer, und riskierte überall eine sehr kesse Lippe. Normalerweise traf dies auch auf seinen Umgang mit Fischer zu, aber jetzt war er gehemmt wie ein kleiner Junge, der seinen Vater beim Heulen erwischt.

Von dem Dach des Gebäudes neben der Dermatologie her klang der immer lauter werdende Lärm der Rotorblätter eines Hubschraubers. Gleichzeitig meldete sich Fischers Handy mit einem langweiligen, altmodischen Klingelzeichen. Fischer hatte lange Zeit immer wechselnde Melodien benutzt, von der *Marseillaise* über *Yesterday* bis zur *Kleinen Nachtmusik* und dem *Holzmichel*. Letzteres war eine Art Selbstbestrafung. Fischer tat sich hin und wieder so etwas an.

Er nahm sein mobiles Telefon zwar zur Hand, aber er wartete ab, bis sich der Rettungshubschrauber vom Dach erhoben und soweit entfernt hatte, dass die Geräusche der Rotoren nicht mehr so dominierend waren. Der Anrufer hatte inzwischen aufgegeben, aber Fischer sah, wer ihn zu sprechen wünschte. Er wunderte sich etwas, rief aber sofort zurück.

Es war eine Anruferin und sie begann mit einem für sie typischen Satz: »Na, hast du mich schon vergessen, treulose Tomate?«

Fischer grinste: »Rosi, ich bin einen halben Tag weg und du vermisst mich schon?«

Alfons Koop bekam große, runde Augen, was in seinem eher eckigen Gesicht unfreiwillig komisch wirkte. Da ihm gleichzeitig der Qualm seiner eigenen Zigarette in die Augen wehte, musste er blinzeln und vergoss ein paar Zwangstränen.

Fischer hörte die Stimme seiner Nachfolgerin. »Wahre Liebe rostet nur langsam, Lui. Bist du schon weit gekommen? Hamburg? Oder erst Hannover? Ich weiß nicht, wie schnell die Bahn heutzutage ist. Ich fahre so wenig Zug.«

Fischer überlegte, wie geschickt oder ungeschickt es war, zu lügen. Er entschied sich für eine Halbwahrheit: »Gar nicht so weit, wie du denkst. Ich habe noch spontan einen Besuch in Mannheim eingeschoben. Ich fahre wohl erst morgen weiter.«

»Oh, was sagt Gerhild dazu? Vermisst sie dich nicht?«

»Gerhild ist die Geduld in Person.«

»Ich wünschte, ich wäre auch so ruhig wie sie«, sagte Rosi, fügte aber rasch hinzu, »wenigstens manchmal.«

»Du hast andere Qualitäten, meine Große. Aber was kann ich für dich tun?« Es klang geschäftsmäßiger, als es sollte.

Er stellte sich Rosi vor. Schlank, in Jeans und türkisem T-Shirt, mit braunen, mit Sommersprossen verzierten Oberarmen, um deren Muskeln er sie beneidete. Das rote Haar trug sie seit ihrem Umzug nach Worms bleistiftkurz. So hatte er sie heute Mittag noch gesehen. Sein geistiges Auge sah sie jetzt vor seinem eigenen, ehemaligen Schreibtisch sitzen, das weiße Telefon in der einen und eine Tasse Kaffee in der anderen Hand.

»Ich habe dir geschworen, dich mit nichts mehr zu belästigen, was mit deinem Detektivdasein zu tun hat.« Auch Rosi klang relativ nüchtern.

Fischer atmete tief ein und aus. »Meineid?«

»Nein, denn das, worum es geht, ist im Grunde privat. Obwohl es eigentlich beruflich ist, ist es in Wirklichkeit privat.«

»Schön, dass du dich so klar ausdrückst. Also, um was geht es?«

»Na ja, man könnte sagen, es ist nur bedingt beruflich, denn damals warst du noch nicht Detektiv.«

Fischer ertappte sich dabei, plötzlichen, echten Ärger über Rosi zu empfinden. »Lass dir doch nicht jede Silbe einzeln aus der Nase ziehen.«

Rosi brauchte eine Sekunde zum Überlegen. »Du bist gereizt, gell? Ich hätte dich vielleicht doch nicht belästigen sollen. Immerhin hab ich versprochen, dich in Ruhe zu lassen mit ...«

»Herrgott noch mal, mit was hättest du mich in Ruhe lassen sollen? Sag mir doch endlich, um was es geht!«

»Entschuldige, Lui, du bist neben der Spur, wie? Sorry ...«

Fischer gestand sich ein, dass er überreagierte, aber er wusste wenigstens, warum seine Nerven blank lagen. Rosis Taktik aber befremdete ihn. Seine Detektivfreundin war im Allgemeinen eine schnelle, zupackende Frau, die nie um den heißen Brei herumredete. Ob sie doch von anderen etwas vom Grund seiner Reiseunterbrechung in Mannheim erfahren hatte? Durch Edgar oder Susanne etwa, oder hatte sich Gerhild bei ihr gemeldet? Nein, Edgar und Susanne waren nicht eingeweiht, und Gerhild und Rosi kannten sich zwar gut, aber sie waren keine Freundinnen für intime Details. Sie konnte es nicht wissen.

»Rosi«, bellte er ins Telefon, »es ist gerade nicht so günstig für Geplänkel. Nenn mir bitte den Grund für deinen Anruf und lass uns nicht zu lang machen. Okay?«

Alfons Koops Augen wurden zu Schlitzen. Er schien nicht zu begreifen, dass jemand so mit seiner heimlich Angebeteten sprechen konnte.

»Lui, es ist nicht so wichtig«, sagte Rosi mit belegter Stimme. Während er nach einem Ausweg aus diesem Gesprächsdilemma suchte, entdeckte er die Person, die er hier hatte treffen wollen. Sie kam von der Straße hinter dem Haus 26, das die Dermatologie beherbergte, hervor, entdeckte Fischer und Koop und schlug den Weg zum Teich ein.

Sie hatten sich ein Jahrzehnt lang überhaupt nicht gesehen, dann ein Jahr jede Woche für zwei Tage, und jetzt seit einer Woche nicht mehr. Fischer hatte sie in diesen sieben Tagen schmerzlicher vermisst als in den langen Jahren ihres Klinikaufenthaltes.

»Rosi«, sagte er mit Bedauern, »ich muss Schluss machen. Ich melde mich in den nächsten Tagen.« Er lauschte auf eine Erwiderung, aber Rosi hatte bereits aufgelegt.

Fischer stand auf, steckte das Handy in die Seitentasche seiner schwarzen Lederjacke und ging Gerhild entgegen.

10

Rosi starrte zum Fensterbrett, auf dem ein großer Strauß roter Nelken stand. Kaum zu glauben, dass der erst heute Mittag von Lui Fischer persönlich hier abgegeben worden war. Er hatte sich bedankt, dass sie sein Werk fortsetzen wolle, was in ihren Ohren ein wenig zu pathetisch klang, aber das passte genauso zu ihrer beider Abschiedsstimmung wie Rosis Versicherung, ihn mit dienstlichen Fragen weitgehend zu verschonen.

War er anders als sonst gewesen? Gut, seit über zwei Jahren war bei ihm ohnehin nichts mehr wie früher. Er war in sich gekehrter, insgesamt ernster, grüblerischer geworden. Auch heute wirkte er gedämpft. Nun, das konnte mit dem Abschied aus dieser Gegend zusammenhängen. In Gernsheim war er geboren, in Mainz hatte er gelernt und früher mit Gerhild gelebt. Später dann lebte er eine Zeit lang bei seinem Neffen Edgar und dessen jetziger Frau Susanne in Alzey, bis er zunächst nach Worms-Hochheim und später nach Worms-Pfeddersheim gezogen war. Sein Büro hatte er bis zuletzt hier in diesem kleinen Haus in der Obergasse in Worms-Hochheim.

Er trennte sich nicht nur von Landschaften und Orten und allem, was mit Kriminalistik zu tun hatte, sondern auch von einigen wichtigen Menschen. Edgar und Familie, Alfons Koop aus Lampertheim –

und schließlich und endlich auch von ihr, Rosi. Sie hatte ihn in der Zeit nach Anneroses Tod intensiv getröstet, bevor er den Kontakt mit Gerhild wieder vertiefte. – Da war es nicht verwunderlich, wenn einer etwas gedämpft wirkte. Aber diese Reaktion eben war so bizarr wie unerwartet. Klar, auch ihr Verhalten befremdete sie. Aber dieses Unwirsche, dieses fast Bösartige war ihr an ihm fremd. Und noch schlimmer: Es war ihm offensichtlich gleichgültig, weshalb sie ihn überhaupt belästigte. Er musste sie doch gut genug kennen, um zu wissen, dass sie ihn nicht einfach so ins Blaue hinein ...

Rosis Festnetzanschluss läutete melodisch. Ob er sich entschuldigen wollte? Wahrscheinlich nicht, immerhin hatte sie aufgelegt.

»Detektei Blum!«

»Strauss!«

»Ja bitte, Herr Strauss!?«

»Sie kennen mich?«

»Nicht en détail.«

»Na, da lässt sich doch sicher etwas bewerkstelligen.« Die Stimme hatte ein angenehmes Timbre, eine geschmeidige Melodie, war dabei aber einen Tick zu ölig. »Im Ernst«, fuhr die Stimme fort, »ich habe einen Auftrag, der Fingerspitzengefühl erfordert. Da bin ich doch bei einer Frau in Ihrer Branche besser aufgehoben als bei einem Mann. Berichtigen Sie mich, wenn ich Bullshit rede.«

»Keineswegs. Warum glaubten Sie übrigens, dass ich Sie kennen könnte? Sind Sie prominent?«

Die Stimme wurde etwas heller. »Ich arbeite fürs Regionalfernsehen. Wenn Sie regelmäßig RLPN sehen und hören, können Sie mich eigentlich nicht umgehen.«

»Ich werde bei nächster Gelegenheit einschalten.« Routinegeplänkel. Rosis Gedanken waren bei Lui Fischer. Aber war der Name Strauss nicht heute schon einmal gefallen?

»Was kann ich denn für Sie tun, Herr Strauss?« So ähnlich hatte Lui sie vorhin gefragt.

»Das sage ich Ihnen lieber persönlich. Hätten Sie heute noch Zeit für mich?«

Rosi überlegte. Sie war noch nicht lange in Worms. Von geschäftlicher Auslastung konnte keine Rede sein, und auch Luis alte Kunden wollten erst einmal erobert werden. Sie hatte also durchaus Zeit, Herrn Strauss zu empfangen. Außerdem war sie neugierig, weil ihr der Name aus Dellworms Mund und in der Zeitung schon begegnet war. Sie blickte auf ihre Armbanduhr.

»Herr Strauss, ich nehme mir die Zeit. Sagen wir 19 Uhr? Soll ich zu Ihnen kommen, oder wollen Sie mich im Büro aufsuchen?«

Ein etwas albernes Kichern setzte einen unschönen Schlusspunkt hinter die sonor vorgebrachten folgenden Worte: »19 Uhr ist mir zu spät. Außerdem brauche ich Sie nicht aufzusuchen, ich habe Sie bereits gefunden.«

In das Kichern hinein läutete die Türglocke. Rosi hatte nicht viel an dem Bürohäuschen geändert, seit sie es übernommen hatte, aber Luis Klingel hatte ihr nie gefallen. Jetzt erklang der Big Ben in interessantem Kontrast zur Winzigkeit des Hauses.

»Herr Strauss, sind Sie das?«, fragte sie in den Hörer hinein.

»Ich bin so frei!«

›Ui, wie originell‹, dachte Rosi. Sie sagte: »Gut, ich mache Ihnen auf, aber wenn ich eine laufende Kamera auf mich gerichtet sehe, knalle ich Ihnen die Tür vor der Nase zu und rede nie wieder ein Wort mit Ihnen.«

»Seien Sie unbesorgt, schöne Frau, ich stehe hier in lauterster Absicht.« Sie wollte etwas über die »schöne Frau«-Floskel sagen, aber sie hatte Angst vor einer gesülzten Antwort.

Rosi stand auf, ging in den offenen Miniflur und öffnete die Tür.

Der Mann, der draußen stand, war ungefähr dreißig Jahre alt, sehr groß, mindestens einen Meter neunzig, schätzte Rosi, und so braun im Gesicht und auf den nackten Armen wie Rosi selbst. Er lächelte breit, und den Geldwert, den Rosi in diesem Mund vermutete, hatte sie nach ihrer Schätzung seit der Bankenkrise nicht mehr auf einem ihrer Kontos gehabt. Sie sah die Rolex am Arm, die sicherlich nicht zu den gefälschten Produkten gehörte, und schätzte die Sonnenbrille, die auf gezwirbeltem, schwarz gefärbtem Haar ruhte, auf mindestens 300 Euro. Dagegen war die schwarze Aktentasche leicht abgeschabt und hatte ein paar Jährchen auf dem Buckel. Solche Kontraste waren heutzutage nicht ungewöhnlich. Sie kannte das von ihren Frankfurter Kunden.

»Herr Strauss, kommen Sie bitte herein.« Sie hatte vor, sich um einen sachlichen Grundton zu bemühen, was bei einem Burschen dieser Güteklasse erfahrungsgemäß nicht einfach sein würde. Sie ließ ihm keine Zeit, sie mit irgendeinem Kompliment oder einem Pfiff zu bedenken, ließ ihn an sich vorbei in den Büroraum treten, überholte ihn, um ihm mit einer Geste den weißen Sessel vor dem Schreibtisch anzubieten. Während des kurzen Moments des Überholens gingen sie nebeneinander – ausgerechnet da kamen sie an dem einzigen Spiegel im Büro vorbei. Sie sah hinein. Es war erschreckend. Sie passten optisch auf eine so klischeehafte Weise zueinander, dass Rosi übel werden mochte. Als hätte man sie für eine Doppelfolge *Traumschiff* engagiert. Als Strauss schließlich im Besuchersessel saß, fragte Rosi ihn: »Kaffee, Tee, Cola?«

Rosi war es gewohnt, angestarrt zu werden. Sie hatte ihre weiblichen Reize oft genug beruflich eingesetzt, wenn sie im Frankfurter Rotlichtmilieu ermittelte. Bei Strauss war es ihr unangenehmer als sonst. Noch war ihr keineswegs ganz klar, warum.

»Wenn ich einen Kaffee bekommen könnte ...«

Er bekam seinen Kaffee, auch wenn das bedeutete, dass er Rosi beim Hantieren in der kleinen Küchennische neben dem Schreibtisch noch eine Weile beobachten konnte.

Rosi schwieg bei der gesamten Aktion. Sie registrierte dankbar, dass auch ihr Besucher den Mund hielt.

Dann saßen sie sich gegenüber und tranken ihre ersten Schlucke Kaffee.

Rosi brach das Schweigen. Sie lächelte unverbindlich. »So, Herr Strauss, was haben Sie denn auf dem Herzen?«

»Frau Blum, ich würde jetzt liebend gern mit Ihnen flirten, aber ich sehe da etwas, das unmittelbar mit meinem Anliegen zu tun hat.« Er blickte zu dem Zeitungsartikel auf dem Schreibtisch, den Rosi noch nicht wieder an das Schwarze Brett gehängt hatte.

»Ja ...?«

»Haben Sie es gelesen?«, fragte Strauss. Seine Stimme war wieder volltönend tief.

»Noch nicht ganz, ich habe nur soviel mitbekommen, dass Sie einen Bericht über diesen Clown machen wollen.«

»Genau, und darum geht es.« Er sah sie auf herausfordernde Weise an. Sie begegnete seinem Blick. Dann fragte sie: »Haben Sie meinen Namen aus dem Internet, oder hat Ihnen irgendein Fernseh-Freund aus Frankfurt einen Tipp gegeben, dass ich die richtige Adresse für Sie bin?«

»Ein Fernseh-Freund?«, fragte er vorsichtig. »Aus Frankfurt?«

»Ich habe gewisse Kontakte mit der Medienwelt und mit dem Showgeschäft ganz allgemein, drüben in Hessen ...« Sie lächelte ein kaltes Lächeln und fügte hinzu: »Vielleicht ist mir mein Ruf bis nach Worms vorausgeeilt.«

»Ich hoffe, dass es Ihrem Selbstwertgefühl keinen allzu großen Knacks versetzt, aber ich habe noch keinen Donnerhall bezüglich Ihres Rufes vernommen. Deswegen müssen Sie aber nicht an Ihrer Wichtigkeit zweifeln, es liegt eher an mir.« Strauss' Lächeln war ebenso unpersönlich wie das von Rosi. »Es schmeichelt mir zwar, dass Sie mich in der hessischen Medienszene vermuten, aber ich arbeite für die RLPN, Rheinland Pfalz News. Als ich vorhin sagte, dass Sie mich nicht umgehen können, wenn Sie RLPN sehen, setzte das voraus, dass Sie den Sender überhaupt kennen. Weder die RLPN noch ich gehören zu den Großen in der Branche. Jedenfalls noch nicht. Sie sehen mich etwas skeptisch an, Frau Blum«, er lehnte sich zurück, balancierte mit der Kaffeetasse und grinste plötzlich. »Ich sehe, dass Sie staunen, schöne Frau – das ist übrigens diesmal kein hohles Kompliment, denn im Gegensatz zu vorhin am Telefon sehe ich Sie jetzt vor mir – wo war ich? Richtig, Sie staunen, dass ich rein äußerlich dem entspreche, was Sie von ihrer Frankfurt–Medien-Mafia her kennen, obwohl ich weder gesellschaftlich noch pekuniär dazugehöre.« Er schien sehr zufrieden mit seinen Ausführungen zu sein, denn sein Grinsen teilte die untere Hälfte seines Gesichtes inzwischen total vom Rest ab.

Rosi blickte weiter in seine Augen und sagte leise: »Sie mussten Ihr Outfit nicht vom RLPN-Gehalt bezahlen, stimmt's?«

Strauss' Grinsen verlor an Breite, wurde weniger selbstgefällig. »Okay, Lebensbeichte, Kurzfassung für künftige weibliche Geschäftspartner: Ich bin 32 Jahre alt, entstamme einer Maschinenbauerdynastie in Essen, bin ledig und wohne in Mannheim, seit ich vor zwei Jahren den untauglichen Versuch unternommen habe, meinen Familienstand in *verheiratet* zu ändern. Ich kann mir von Haus aus vieles leisten, was ich aber nur begrenzt tue. Im täglichen Leben versuche ich, mit meinem RLPN-Gehalt auszukommen.«

Rosi nickte und inspizierte dabei ihre Fingernägel. »Sie müssen mir nicht die Geschichte ihres asketischen Daseins erzählen, Herr Strauss. Wenn Sie mein Honorar bezahlen können, ist mir alles recht.«

»Das zahle ich tatsächlich, denn das könnte sich der Sender nicht leisten.« Strauss beugte sich vor. Rosi blickte von ihren Fingernägeln hoch und sah ihm wieder in die Augen.

Strauss sprach weiter. »Ich bin sehr gern beim Fernsehen. Vielleicht hätte ich mich über meine Familie auch in große Sender einkaufen können und wäre dann tatsächlich bei Ihren Freunden in München, Hamburg, Berlin, Köln oder meinetwegen auch Frankfurt gelandet. Hier im Rhein-Neckar-Dreieck aber kann ich von unten anfangen und einiges bewegen. Ich bin ehrgeizig. Ich möchte, dass RLPN eines Tages mir gehört und dass meine Konzepte verwirklicht werden.«

»Noch einen Kaffee, Herr Strauss?«

»Nein danke, Frau Blum.«

In diesem Moment mussten beide lächeln.

Dieser seltsam innige Augenblick verging rasch, als Strauss fortfuhr: »Ich möchte einen Spagat schaffen zwischen den sogenannten Boulevard-Magazinen im Fernsehen und den seriösen Nachrichtensendungen. Ich will einen unsentimentalen, aber dennoch gefühlsbetonten Entertainment-Journalismus. Abgekürzt: En-Jour.«

»Aha. Sie wollen mir aber keine Geschäftsidee verkaufen, Herr Strauss?«

Er sprang auf. Voller Tatendrang. »Ich sag Ihnen, was ich plane. Haben Sie was anderes als Kaffee?«

»Cola, Tee, wie schon gesagt. Oder auch Wasser.«

»Nichts Richtiges?«

»Nicht mal Bier. Das hätten Sie von meinem Vorgänger bekommen können. Ich bin Antialkoholikerin. Militant.«

»Oh!« Strauss setzte sich wieder. »Wie haben Sie Ihre Frankfurter Freunde halten können, mit dieser Einstellung?«

»Ich habe sie *nicht* halten können. Jedenfalls nicht, seit ich trocken bin. Also, noch einen Kaffee?«

»Wenn sich's nicht umgehen lässt.«

Rosi blieb sitzen. »Sie müssen auch gar nichts trinken.«

»Stimmt, muss ich wirklich nicht. Also, endgültig zur Sache. Ich habe Angst um meinen Protagonisten.«

»Sie sprechen von dem Hofnarren?«

»Wolfram Engel, ganz recht.«

In Rosis Speicher liefen die jüngsten Informationen zusammen. Die von ihrem vorigen Anrufer Dellworm und das, was sie aus der Zeitung wusste.

Strauss fragte: »Kennen Sie die Story von 1997? Den Mord von Gernsheim?«

Rosi schüttelte langsam den Kopf. »Ich habe mal einen Satz dazu gehört, aber mehr nicht.«

»Ich hätte gern, dass Sie sich die ganze Geschichte anhören.«

»Gern! Schießen Sie los!«

»Das mache ich nicht alleine. Das kann einer viel besser, der damals dabei war.« Er stand erneut auf. Erregt wie ein kleiner Junge, der seiner größeren Schwester einen gefangenen Frosch zeigen will.

Rosi fragte: »Müssen wir dazu irgendwohin fahren?«

»Sie kennen mich inzwischen, Frau Blum. Ich bereite alles vor.«

»Ist Ihr Zeitzeuge draußen im Auto?«

»Genau, darf ich ihn reinholen?«

Rosi stand auf. Sie war gespannt: »Bitte.« Strauss ging mit federndem Schritt zum Miniflur und öffnete die Tür zur Obergasse mit Blick über die Hohl mit der Berggasse zur Bergkirche. Ein weißer

Kastenwagen mit der Aufschrift RLPN nahm fast die gesamte Breite der sehr schmalen Obergasse ein. Strauss öffnete die Tür zum Beifahrersitz.

Rosi fragte sich: ›Na, bist du der Gruselclown, um den es hier zu gehen scheint?‹ Dann kam ihr der seltsame Gedanke, dass es vielleicht ihr zukünftiger Auftraggeber Dellworm sein könnte, der mit Strauss zusammenarbeitete und jetzt bereit war, persönlich mit Rosi in Kontakt zu treten, um sie endgültig zu engagieren. ›Blödsinn, Rosi, du liest zu viel Detektivromane.‹

Strauss brauchte eine Weile, der Person beim Aussteigen zu helfen. Er war ein offenbar schon älterer Mann mit fast weißen Haaren. Er trug eine große, schwarze Brille und bewegte sich sehr vorsichtig beim Aussteigen. Strauss stützte ihn, bis er sicher neben dem Wagen stand.

»Darf ich vorstellen«, sagte Strauss, »Herr Heiner Rodalke. Frau Roswitha Blum.«

11

Gerhild stand vor dem Krankenbett. Fischer saß auf der Bettkante. Mit den Armen umfing Gerhild seine Schulter und seinen Kopf und hielt ihn, ohne ihn zu drücken. Hielt ihn einfach.

Sie schwiegen seit vielen Minuten.

Alfons Koop war gegangen, er wollte Freunde in Schriesheim besuchen, hatte aber versprochen, am frühen Abend noch einmal zu kommen.

Eine junge Ärztin betrat das Zimmer. Die beiden lösten sich nur langsam voneinander. »Herr Fischer, ich müsste einige Untersuchungen zur Einweisung vornehmen, ist Ihnen das recht?«

Fischer musste grinsen. »Selbstverständlich.« Dann fragte er Gerhild: »Waren sie in Dr. Sannwalds Klinik auch so höflich?« Sie ging Richtung Tür und antwortete: »Das war eine psychiatrische Klinik. Da mussten sie mein zartes Nervenkostüm wieder zusammennähen. Die waren besonders zuvorkommend.«

Er verständigte sich mit der brünetten, Zopf tragenden Ärztin mit einem Blick und begann sein Hemd auszuziehen. »Nun bin ich aber nicht in einer psychiatrischen Klinik, es sei denn, dies wäre eine *Mission Impossible* und man spielt mir die Dermatologie bloß vor. Könnte spannend sein: Diplompsychologen müssen Chirurgen darstellen. Eine feinsinnige, auf Geist und Seele geschulte Klinikhilfskraft muss die handfeste, zupackende, etwas derbe Gebrauchskrankenschwester mimen. Wirklich aufregend.«

Gerhild warf ihm einen alarmierten Blick zu. Es passte nicht zu seinem augenblicklichen Zustand, dass er so wortreiche Scherze machte. Selbst angesichts einer frischen, jungen Ärztin nicht. Gags dieser Art waren zwar durchaus typisch, aber er quälte sich normalerweise nicht bei der Wortfindung. Sonst perlte alles einfach aus ihm heraus. Jetzt aber strengte er sich an, locker zu erscheinen. Es musste ihm schlechter gehen als sie dachte.

»Ich warte im Aufenthaltsraum«, sagte sie und formte ihre Lippen zu einem stillen Kuss.

Fischer küsste zurück. Winkte leicht mit der Hand. Sagte nichts mehr. Die Ärztin konzentrierte sich voll auf ihn.

Gerhild stand im Flur und beobachtete den Krankenhaus-Betrieb um sich herum. Der verglaste Aufenthaltsraum der Schwestern, links von ihr, wirkte wie die Kommandobrücke eines Schlachtschiffes. Von dort aus konnte das Personal drei Gänge überblicken, unter anderem geradeaus, dorthin, wo Gerhild jetzt stand. Sie wandte sich nach rechts, dem entgegengesetzten Ende des Ganges zu, einer Art Aufenthaltsraum, der nicht geschlossen war, mit riesigen Fenstern, durch die man einen Blick in den Park hatte. Der dortige Springbrunnen plätscherte permanent.

Gerhild war zurzeit allein auf dem Gang. Nur im Aufenthaltsraum saß ein Zeitung lesender alter Mann mit einem Verband am Ohr, den sie schon am Nachmittag im Park getroffen hatte, als sie auf Lui wartete. Sie setzte sich zu ihm und sie nahmen ihr Gespräch wieder auf. »Na, ist er jetzt da?«, fragte der Mann brummelnd mit echtem Interesse. Gerhild antwortete: »Er wird gerade medizinisch aufgenommen.«

»Nehmen Sie's mir nicht übel, aber es ist doch kein Notfall, oder? Ich meine, er hätte doch rein theoretisch auch morgen früh kommen können. Oder?« Gerhild merkte, dass die Frage zwar kritisch gemeint, aber nicht bösartig vorgetragen wurde, deshalb antwortete sie wahrheitsgemäß: »Wir hatten noch keinen Termin und wir wollen gemeinsam nach Husum ziehen.«

»Im hohen Norden gibt's doch sicher Krankenhäuser en masse. Und die Luft ist da auch besser.«

Gerhild nickte: »Oh ja, aber Lui schwört auf das Klinikum hier in Mannheim.« Dass Fischer Privatpatient war, hatte sie beim Nachmittagsgespräch bereits zugegeben, das andere aber verschwieg sie. Der Mann musste weder wissen, dass Lui Verbrechen aufgeklärt hatte, noch, dass der hiesige Chefarzt ihm sein Leben verdankte. Der Mann mit der Wunde am Ohr haderte schon mit seiner Kassenpatientenexistenz, da würde ihn das Wissen um noch mehr Gründe für Bevorzugung nur unnötig in Wallung bringen.

Er wechselte das Thema.

»Tja, das Abendessen ist schon rum und die meisten Anwendungen machen die erst morgen früh wieder. Zwischendurch werden Medikamente ausgeteilt, Blutdrucke gemessen und Infusionen erneuert, man sagt doch Blutdrucke, oder?«

Gerhild wusste, dass die Frage nur hypothetisch war, also antwortete sie nicht direkt. »Ich weiß, was ein Klinikbetrieb ist. Bei mir war es zwar eine psychiatrische Anstalt, aber Psychiatrie hin, Dermatologie her: Die Gerüche waren ähnlich. Die Disziplin. Die scheinbar ruhige Gesamtstimmung. Neuneinhalb Jahre habe ich das mitgemacht. Therapien, einzeln und in Gruppen ...«

Der Ohrenmann unterbrach sie, blies aber in das gleiche Horn. »Einrichtungen für Kranke sind immer und überall gleich. Da spielt es keine Rolle, um welche Krankheit es geht, die Art der Führung nicht, und da ist es auch egal, ob das Institut nach herkömmlichen Methoden geführt wird oder ultramodern, ob mit und ohne Naturheilkunde. Ob die Leute schneller oder langsamer oder gar nicht gesund werden. Völlig egal. Oder?«

Gerhild begann versonnen: »Ja, es ist die Atmosphäre. Gedämpfte Farben und Töne, die Gelassenheit und Ruhe ausdrücken. Meditation!« Während sie sprach, wanderte ihr Blick durch den Raum und heftete sich schließlich auf den Tisch, an dem ihr Gesprächspartner saß, und auf die Zeitung, die vor ihm lag.

Sie fuhr fort: »Aber dahinter wuseln hektische Pfleger, Krankenschwestern und Ärzte. Da flippen die Angestellten in den Verwaltungen aus. Da bringen sich in der Psychiatrie nicht nur die Patienten um, sowohl gegenseitig als auch sich selbst. Da sind die Operationsräume voller Blut und voller Organe. Die Keller voller Leichen – entschuldigen Sie. Eigentlich wollte ich mich gar nicht so hinreißen lassen.«

Der alte Mann tätschelte ihr plötzlich die Hand. »Ich bin ja genauso. Meckern, meckern, meckern, oder? Aber Sie sind noch jung. Auch wenn Sie schon was hinter sich haben, haben Sie doch auch noch was vor sich. Und mit Ihrem Freund, das wird schon wieder.«

Gerhild ließ ihn tätscheln. Es war unbeholfen, aber nett. Das war kein Lustgreis, sondern ein alter Mann im Krankenhaus, der sich über jede Ablenkung freute. Sie sah seine faltige Hand auf ihrer – und da wurde ihr bewusst, dass sie ihn ständig mit dem Attribut *alter Mann* versah. Luis Hand sah ähnlich aus, obwohl er mindestens zwanzig Jahre jünger war als der Ohrenpatient.

Als Gerhild gerade dabei war, in eine ihrer gefürchteten Postpsychiatrie-Depressionen zu verfallen, sah sie neben der noch immer tätschelnden Hand eine kleinere Überschrift auf der Seite der Zeitung, die mit *Nachbarregion Rheinhessen* überschrieben war. Dort stand: *»Eine der Attraktionen des Backfischfestes: Wolfram Engel, der Hofnarr des Teufels, ist wieder da. RLPN sendet Spezial.«*

Gerhild zog mit einer ruckartigen Bewegung ihre Hand unter der des Mannes hervor. Er blickte sie erschrocken an.

Gerhild hatte gelernt, sofort zu reagieren, wenn sie etwas Ungehöriges tat. Sie lächelte etwas fahrig. »Entschuldigung, ich habe mich nur über etwas erschreckt, was in der Zeitung steht.«

»Das sind die Regionalseiten, da gibt's doch nichts Erschreckendes.«

Gerhild erkor rasch einen Bericht über einen Wohnzimmerbrand in Osthofen zum Schrecklichen, und damit gab sich ihr Gesprächspartner zufrieden.

Sie überlegte gerade, wie sie ihm beibringen könnte, dass sie jetzt gern eigenen Gedanken nachhängen würde, ohne dabei ihren Platz im Aufenthaltsraum aufgeben zu müssen, da sah sie von der »Kommandobrücke« her Professor Lück kommen. Der grauhaarige, kleine, schlanke Mann strebte dem Zimmer 7/1 zu, in dem Lui sich untersuchen ließ. Gerhild stand auf, und diese Bewegung reichte, um den Professor auf sich aufmerksam zu machen.

Er strahlte geradezu, als er sie sah.

Gerhild spendete dem alten Mann am Tisch noch ein kurzes Lächeln, dann gingen sie und der Chefarzt aufeinander zu, als würden sie sich bereits ein Leben lang kennen.

Dabei hatten sie sich das erste und bisher einzige Mal vor drei Wochen in Mainz gesehen. Damals waren nur vier Personen anwesend: Fischer, Gerhild, der Prof und Alfons Koop.

Lück war noch älter als der Mann am Tisch, das sah man ihm zwar an, aber dennoch hatte er die gleiche dynamische Ausstrahlung wie einer dieser siebzigjährigen Fernsehärzte, die mit zwölf Bypässen und einer künstlichen Hüfte immer noch zwei Großkliniken leiten, diverse Skiturniere gewinnen, eine Ehefrau plus zwei Geliebte haben, bei allem, was sie sagen, Recht behalten und dazu noch lächeln.

Er streckte Gerhild beide Hände entgegen. Sie tat desgleichen. In Zeitlupe musste das wie das Treffen zweier Liebender aussehen.

Der Mann im Aufenthaltsraum würde jetzt wahrscheinlich sagen: »Aha, jetzt wundert mich nichts mehr.«

Aber Gerhild blickte sich nicht um. Sie sah nur in die strahlenden Augen des Arztes.

Ihre Hände trafen sich. »Schön, Sie zu sehen, Professor Lück«, sagte sie. Selten hatte sie es einem Vertreter seiner Zunft gegenüber so ehrlich gemeint.

Sein Lächeln war herzlich. Er trug mit Stolz seine zweiten Zähne. »Ich freue mich sehr, liebe Frau Fischer!«

12

Tina Vowinkel saß in der dritten Reihe zwischen zwei voluminösen, schwitzenden Frauen jenseits der Fünfzig, deren Ausdünstungen normalerweise jedem den Atem geraubt hätten. Tina wohnte aber mit ihrer Mutter im selben Haus wie ihr Onkel Leo, und dessen Dauergeruch hatte ihre Nase bis zu einem gewissen Grad abgehärtet.

Tinas Sitznachbarinnen gehörten nicht etwa zusammen. Sie verband nur das Geschlecht, das Alter, die Körperfülle, der Gestank und die Begeisterung für den Mann auf der Bühne. Sie gluckten bei jedem Lacher und quietschten bei jeder der kleinen Schockeinlagen wonnig auf.

Tina ging es genauso. Dieser *Hofnarr des Teufels* war genau das Richtige für sie. Die Show selbst befriedigte Tinas Lust am Unheimlichen und am Magischen. Die Zauberkunststücke hatten zumindest die Qualität ähnlicher Darbietungen im Fernsehen und die Gags waren meist wirklich witzig. Aber es war der Mann selbst, der sie am meisten faszinierte. Dunkel, unnahbar und zugleich lockend, alles verheißend, was sich eine Frau von einem Mann wünschen konnte. Jedenfalls dann, wenn sie ihn nicht heiraten wollte.

Der Auftritt schien seinem Höhepunkt zuzustreben. Jedenfalls brauste aus den Lautsprechern ein leicht blechern klingendes Sturmgeheul auf, das den einsamen, bislang starr stehenden Mann zusammenzucken ließ.

In den Sturm mischte sich ein heftig hackendes Schlagzeug, das rasch lauter wurde. Der *Hofnarr* begann eine Art Tanz. Er bewegte seinen schlanken Körper in Schlangenlinien, bis es aussah, als habe er keine Knochen mehr im Leib. Es war, als würden seine Konturen zerfließen.

Er wurde immer schneller. Und obwohl der stampfende Beat des Schlagzeugs es eigentlich nicht zuließ, wirkten seine Bewegungen immer eleganter. Jetzt setzte er die Arme ein. Er winkelte sie an, bis sie waagerecht vom Körper abstanden. Mit der Rechten zupfte er aus dem linken Hemdsärmel in rasender Abfolge Papiertücher, die er ins Publikum schleuderte. Jetzt wurde er langsamer, tanzte rockiger als eben.

Tinas Körper nahm den Rhythmus unwillkürlich auf.

Die beiden Sitznachbarinnen auch.

Tina hätte gern eines der Papiertücher aufgefangen, aber die Leute der ersten und zweiten Reihe hatten sich darauf gestürzt. Sie schielte zwischen Schultern hindurch und konnte ein Tuch sehen, das gerade von einer jungen Frau begutachtet wurde.

Darauf stand ein Liedtext: »Killing me softly.«

In diesem Augenblick veränderte sich die Musik. Der stampfende Beat klang aus und ein Klavier begann mit leisen, einschmeichelnden Tönen. Die passende Melodie zu dem Text auf den Papiertüchern erklang.

Der Mann sprach mehr, als dass er sang. Es war, als besäße diese Stimme die Macht, sich trotz ihrer Sanftheit ins Gemüt ihrer Zuhörer zu ätzen.

Auf Tinas Haut stellten sich die Härchen auf – überall.

Tina wurde in jenem Augenblick das, was man einen Fan nennt.

Fünf Minuten nach dieser umwälzenden Erfahrung war das Programm des *Hofnarren* beendet.

Die fleischigen Ellbogen ihrer begeistert applaudierenden Sitznachbarinnen hämmerten von den Seiten her dermaßen auf Tina ein, dass die nur einen winzigen Radius zum Klatschen hatte.

Als der Vorhang längst geschlossen war, und sich der sogenannte »Festsaal Nibelungen« zu zwei Dritteln geleert hatte, saß Tina immer noch auf ihrem Platz und starrte nach vorn. Zu beiden Seiten war jetzt Luft – und irgendwann befand sich außer Tina und vier anderen Leuten niemand mehr im Saal. Sie blickte sich um. Hinter dem offenen Eingang zum Lokal sah Tina bereits zwei Frauen mit Putzutensilien, die den Raum wahrscheinlich für die nächste, die letzte Vorstellung des *Hofnarren des Teufels* für heute, herrichten wollten.

Eine der vier letzten Verbliebenen im Raum war eine Frau in einem auffallend blauen Kostüm mit einer kleinen Kamera. Sie kam Tina ein wenig vor wie eine Stewardess. Schlank, mit pechschwarzen, kurzen Haaren, dezent geschminkt, ein Lächeln wie aufgemalt auf den vollen Lippen, wahrhaftig wie eine Stewardess.

Tina spürte Neid in sich aufsteigen. Sie sah ihre weißen Oberschenkel unter dem Saum des roten Minirocks hervorquellen und fühlte die Schwere ihrer Brüste in der halb offenen weißen Bluse. Wie so oft schon empfand sie ihre großen Brüste als das, was sie tatsächlich waren: eine Belastung. Sie wusste, wie grell ihre Lippen geschminkt waren, und sie war sich bewusst, dass ihr Augen-Make-up nicht in Ordnung war. Auch nicht nach dem Rettungsversuch auf der Damentoilette des »Hagenbräu« vor der Vorstellung. Sie wusste um ihre knubbelige Nase. Sie wusste um ihre gesellschaftliche Stellung.

Sie dachte das Wort mit den sieben Buchstaben.

Sie fragte sich, warum sie immer noch hier hockte. Sekunden später wusste sie es. Rechts neben der Bühne öffnete sich eine Tür und der *Hofnarr* kam heraus. Er trug eine schwarze Lederjacke über dem Knochenhemd und eine Sonnenbrille.

Er strebte dem Durchgang zum Lokal zu. Die Frau mit dem Stewardessenkostüm stellte sich ihm in den Weg. »Sie sind bereit, Herr

Engel? Herr Strauss zählt auf Sie.« Aha, Engel hieß er. Tina nahm das so hin.

»Alles wie abgemacht, Frau Perrak.« Er klang privat nicht ganz so sexy, fand Tina, aber das machte nichts.

»Ist es nicht seltsam, dass kein Einziger hiergeblieben ist, um sich von Ihnen ein Autogramm geben zu lassen?«, sagte die »Stewardess«. »Sie haben immerhin einen gewissen Bekanntheitsgrad und Ihre Show ist wirklich sahnig. Eigentlich müssten sich die Freaks um Sie reißen.«

»Sie sagen es, Frau Perrak. Die Freaks. Sie sollten mal sehen, was nachts los ist, wenn ich über die Friedhöfe streife. Was ich denen alles in die Grabsteine ritzen muss.«

Er sagte das todernst, so dass sowohl Frau Perrak als auch Tina in ihrer dritten Reihe lachen mussten.

Jetzt blickten die Frau in Blau und der Clown-Magier zu ihr hinüber.

»Doch noch ein Fan außerhalb der Friedhöfe?«, fragte Frau Perrak spöttisch.

Tinas Stunde war gekommen. Sie sprang auf, grabschte ihre Handtasche und stolperte auf die beiden zu. »Ich hätte gern ein Autogramm, Herr ... Herr Engel.«

»Na also«, sagte Frau Perrak in einem eigentümlich singenden Ton.

Engel hatte einen Kugelschreiber in der Hand, ehe Tina sich überlegt hatte, wohin sie das Autogramm haben wollte. »Irgendein Wunsch, was und wohin?«, fragte er – und jetzt klang seine Stimme wieder so verführerisch wie auf der Bühne.

Tina überlegte fieberhaft. Dann fischte sie aus ihrer Handtasche ihr rosa Tagebuch mit dem Michael-Jackson-Gedächtnis-Aufkleber. Frau Perrak sah das auch und konnte sich einen Kommentar nicht verkneifen. »Na, da sind Sie ja in bester Gesellschaft, Herr Engel.«

Tina blätterte eine leere Seite auf. »Hier, bitte!« Er nahm die Brille ab. Seine Augen waren dunkelbraun, fast schwarz. Er sah sie einen Moment lang an, als wollte er ihr Zeit geben, einen Wunsch zu äußern, dann setzte er den Kugelschreiber an. »Ihr Name?«

»Tina!« Ihr Mund war trocken.

Er schrieb und las dabei laut mit. »Für Tina, meinen ersten Wormser Fan, der sich traut!«

Tina fühlte sich wohl wie lange nicht. Das musste sie Simone erzählen. Und vor allem Sascha. Sie machte einen Verlegenheitsknicks und erntete von der Frau mit dem blauen Kostüm ein gönnerhaftes Lächeln. »Bevor wir unsere kleine Dreierkonferenz auflösen«, sagte Frau Perrak, »wie wär's, wenn Ihr erster Wormser Fan sich noch mehr traut, Herr Engel, und Sie morgen noch mal um Ihr Autogramm bittet. Aber vor laufender Kamera.«

Engel überlegte einen Augenblick. Dann sagte er zu Tina: »Diese Dame ist Annie Perrak vom RLPN. Die drehen morgen in Gernsheim und hier auf dem Backfischfest einen Film über mich. Hätten Sie Lust, mitzumachen?« Tina begriff nur, dass da etwas Großes auf sie zukam. »Ja«, stotterte sie, »ja, gerne.« »Dann bis morgen«, sagte Engel und war plötzlich Richtung Lokal verschwunden.

Annie Perrak reichte Tina eine Visitenkarte, machte den Termin für morgen aus, bat um Pünktlichkeit und sagte zum Abschied: »Ach so, das Ganze ist für die Ehre. Also für Umme. Wir können keine Gagen zahlen.« »Geht klar«, rief Tina. Sie hatte auch gar nichts erwartet. Sie verließ hinter Frau Perrak den Raum und nun kamen auch die Frauen herein, die den Saal wieder herrichten wollten. Draußen, neben dem Haupteingang, blieb Tina stehen und rief über das Handy Sascha an.

Als sie von ihrem bevorstehenden Auftritt im Fernsehen sprach, sagte Sascha nur einen Satz: »Du lässt deinen Arsch aus der Glotze, ist das klar?«

13

Der alte Mann faszinierte Rosi von Minute zu Minute mehr. Ihr Gespräch mit ihm war so intensiv geworden, dass sich der schöne Herr Strauss ausgeschlossen fühlte und nach einiger Zeit räuspernd anmerkte, dass es an der Zeit sei, Herrn Rodalke nach Hause nach Eich zu bringen. Er, Strauss, habe danach noch einen wichtigen Termin auf dem Backfischfest.

Rosi hatte spontan angeboten, den alten Herrn selbst nach Hause zu fahren, aber sie würde sich gern noch länger mit ihm unterhalten.

Strauss mochte sich darüber gewundert haben, dass Rosi das Gespräch mit einem alten und offenbar verwirrten Mann mehr genoss als das Geplänkel vorhin mit ihm, aber das war ihr gleichgültig.

Sie saßen sich am weißen Schreibtisch gegenüber und tranken Kaffee. Rodalke hatte darum gebeten, seinen mit Wasser zu verdünnen.

»Tannhäuser wurde 1845 in Dresden aufgeführt. Diese Oper war auf Anhieb nur mäßig erfolgreich«, sagte Rodalke. »Aus Tannhäuser habe ich das Zitat, das mich überall die schrecklichen Jahre bis heute begleitet hat.« Er sah Rosi mit seinen trüben, wässrig-blauen Augen erwartungsvoll an, als müsste sie wissen, welches Zitat er meinte. Er spielte nervös mit der dunkelglasigen Brille. Als von Rosi nichts kam, fuhr Rodalke fort: »Der Papst verflucht Tannhäuser mit folgenden Worten: ›Ihm werde ebenso wenig Erlösung zuteil, wie sich der päpstliche Krummstab mit frischem Grün schmücken könne.‹«

Rosi fragte etwas naiv: »Sie meinen Engel?« Es war im Verlauf des gesamten Gespräches um nichts anderes gegangen als um Wagner und Engel, wenn man die Zeit mitrechnete, in der Strauss noch bei ihnen gewesen war.

Rodalke blickte sie unter seinem weiß-grauen Haarschopf missbilligend an. »Ich schätze rhetorische Fragen bei klaren Sachverhalten nicht.«

Rosi wollte die bisherige gute Atmosphäre des Gesprächs nicht belasten, ergo schwieg sie und sonderte ein unverbindliches Lächeln ab.

Zum Glück ritt auch Rodalke nicht weiter darauf herum, sondern kam wieder zum Thema Engel. Seit Strauss fort war, hatten sie sich fast ausschließlich über Rheintöchter, Gralsritter und musikalische Leitmotive unterhalten.

»Wissen Sie, ein Fluch hat etwas sehr Tröstliches für den, der ihn ausspricht.« Rodalke legte die Brille auf dem Schreibtisch ab und spielte mit den Fingern beider Hände. »Für den, dem etwas unsagbar Furchtbares angetan wurde, ist es wichtig, dass er eine Macht besitzt, oder wenigstens zu besitzen glaubt, die ihn stärker sein lässt als seinen Widersacher. Er droht, er verspricht Vergeltung, es hat zumindest den Anschein, er könne etwas bewirken.«

»Also haben Sie ihn schon damals verflucht?« Rosi sah ihm in die wässrig schimmernden Augen. Sie wusste nicht, ob das von seiner Krankheit herrührte, oder ob er von der Erinnerung überwältigt wurde.

»Ja, noch in jener Nacht. Und wenn mich die Freundin Ludwig Fischers nicht aufgehalten hätte ...« Er machte die Pause, die Rosi gewohnt war. Viele fingen so an und brachen dann ab, weil das, was sie eigentlich sagen wollten, zu ungeheuerlich klingen würde. Heiner Rodalke aber machte weiter: »... ich hätte ihm an Ort und Stelle sein verfluchtes, unnützes Leben genommen.«

Jetzt schluchzte er auf. Rosi fand jede mögliche Reaktion falsch und trank schweigend einen Schluck Kaffee.

»Die Polizei hat uns alle vernommen. Mich, Peter und ihn.«

›Mit Peter meint er wahrscheinlich Dellworm‹, dachte Rosi. Sie wagte es aber nicht, das als Frage einzuwerfen.

»Und sie hat uns alle verdächtigt. Wir waren alle in diesem Zelt. Und wir haben uns gegenseitig beschuldigt. Jedenfalls er mich und ich ihn. Er wollte auch Peter mit hineinziehen, aber die Polizei hatte sich auf uns beide konzentriert.«

»Welchem Umstand ist es zu verdanken, dass Sie beide letztendlich aus dem Schneider waren?«, fragte Rosi.

»Einer Zeugenaussage. Jemand wollte das Messer im entscheidenden Augenblick in der Hand eines Anderen, eines Fremden gesehen haben. Und ab da wurde der Kreis der Verdächtigen erweitert. Arbeitskollegen, einen abgelegten Verlobten, ehemalige Freunde ... sie hatte ja nicht wenige.«

»Die Liebhaber Ihrer Schwester ...«

»Freunde!«

»Ja, also die Freunde Ihrer Schwester, stammten die aus Gernsheim?«

»Die meisten. Aber ich weiß nicht, wie viele es wirklich waren und woher die alle kamen. Die Polizei hat eine ganze Menge Kerle verhört und Gegenüberstellungen vorgenommen. Aber das war für mich alles unnötig. Ich kannte den wahren Mörder ja.«

Rosi überlegte, ob sie ihm von Dellworm und dessen Auftrag erzählen sollte. Aber sie verwarf den Gedanken. Stattdessen fragte sie etwas anderes: »Sie haben in all den Jahren nichts weiter unternommen? Ich meine, Sie haben zum Beispiel keine Auskunftei engagiert, die Näheres über den Verbleib Engels herausfinden konnte? Wenn es meine private Überzeugung wäre, der Mörder meiner Schwester liefe frei herum und könnte sogar neue Morde begehen, dann würde ich versuchen, ihn zu Fall zu bringen. Detektive hätten feststellen können, ob an Orten, an denen er später auftrat, wieder etwas Ähnliches geschehen ist. Oder ob schon vorher etwas passierte. Herr Strauss erzählte mir, dass Herr Engel schon lange vorher über Jahrmärkte und Fischerfeste getingelt ist.«

»Ich habe Schritt für Schritt mein Augenlicht verloren. Ein halbblinder Rächer gibt keine so gute Figur ab – aber wenn Sie eine hundertprozentig ehrliche Antwort haben wollen: Nachdem die Polizei aufgegeben hatte, habe ich auch aufgegeben. Ich war mutlos geworden. Und im Verlauf der Jahre habe ich sogar hin und wieder daran gezweifelt.«

»An Engels Täterschaft?« Rosi beugte sich vor.

»Rhetorische Frage«, schnaubte Rodalke. Dann, übergangslos: »Kind, fahren Sie mich bitte heim. Ich werde Ihnen unterwegs noch etwas erzählen.«

Rosi nickte. Minuten später saßen sie in Rosis weißem Opel Kadett und fuhren über die B9 Richtung Eich/Hamm.

14

Im Aufenthaltsraum der dermatologischen Abteilung des Mannheimer Klinikums saßen Ludwig Fischer, Alfons Koop und Gerhild Fischer, frühere Majewsky, und tranken Kaffee von der »Flurbar«, der zwar nur Fischer als Patient zugestanden hätte, aber man drückte hier ein Auge zu, wenn ein Angehöriger mal einen Schluck Tee oder Kaffee trinken wollte. Koop verschluckte sich gerade am geschmacksarmen Gebräu.

Nach einem Hustenanfall fragte er röchelnd: »Warum wissen Susanne und Edgar nichts davon?«

Fischer fragte: »Wovon?«

»Na, von allem, was ihr so treibt. Die haben keine Ahnung, dass ihr unter der Haube seid, und auch keinen blassen Schimmer, dass du hier in der Knochenmühle hockst und dass Gerhild hier ist und ... überhaupt alles.«

»Das werden die alles noch erfahren.«

»Wann? Wenn du auf dem Operationstisch verblutet bist und Gerhild zu Edgar geht und sagt: ›Du, dein Onkel ist tot, ist in Mannheim gestorben, gar nicht weit von hier, hättest ihn fast noch besuchen können – und im Übrigen bin ich seine Witwe, ihr kennt mich noch als Gerhild Majewsky, und ich soll euch ausrichten: Übt immer Treu und Redlichkeit ...‹«

Gerhild unterbrach ihn: »Alfons, du sprichst im Normalfall nicht sehr oft und viel. Ich habe mich immer gefragt, warum nicht. Jetzt weiß ich es. Lass es bitte dabei.«

Fischer warf ihr grinsend einen anerkennenden Blick zu. Sie kannte Alfons Koop eigentlich erst seit der Hochzeit. Es war ihr noch nicht in Fleisch und Blut übergegangen, dass Koop praktisch Narrenfreiheit besaß.

»Sorry, Chefin«, stieß Koop hervor, »Rosi weiß auch von nichts. Eure Geheimniskrämerei kann verstehen, wer will, ich nicht.«

Fischer sagte: »Alfons, der Grund unserer Heirat hat mit meiner Krankheit zu tun. Das, was du eben so witzig geschildert hast, kann tatsächlich passieren. Aber es kann auch gut ausgehen. Wir haben unsere Pläne mit Husum nicht aufgegeben. Nur wollen wir nicht die Pferde scheu machen, bevor wir ein Ergebnis haben.«

»Was heißt, Ergebnis haben? Hast du nicht gesagt, das Ding ist bösartig?«

»Das Ding, wie du es nennst, ist bösartig. Aber das heißt noch lange nicht, dass ich noch auf dem OP-Tisch in die ewigen Jagdgründe eingehe, klar?«

»Ich find's nicht richtig.« Koop saß da wie ein schmollendes Kind, die kleine Tasse in seinen beiden großen Händen.

Gerhilds Gesichtszüge waren, nach der leichten Entgleisung eben, wieder geglättet. »Alfons, überlass es bitte uns. Wir halten es für richtig. Trotzdem ist uns deine Meinung immer wichtig.« Sie sagte das sehr ernst und ruhig. Ihr fiel gar nicht auf, dass es sich reimte.

Fischer fragte sich manchmal, wie viel ursprüngliche Gerhild in ihr steckte, wie viel Gehirnwäsche durch die Sekte und wie viel durch die Klinik Dr. Sannwald. Er fühlte, dass es sie gab, die echte Gerhild. Sie wartete geduldig zwischen der allgemeinen Sanftheit, den psychologisch genormten Gutmenschsätzen, dem sanften Humor und den gelegentlichen Ausbrüchen auf ihre Wiederauferstehung. Bis dahin musste man eben immer wieder solche Sätze hören wie: »Deine Meinung ist uns wichtig.«

Gerhild beugte sich vor. »Ehe ich es vergesse: Ich habe vorhin in der Zeitung etwas gelesen, über den *Hofnarren des Teufels.*«

Fischer sah sie an. Sein melancholischer Vor-Operations-Blick verschwand und machte einem Hund-wittert-Fährte-Blick Platz.

»Was ist mit ihm?«

»Nun, er tritt wieder in Worms auf.«

»Wann?«

»Na, jetzt, gestern, heute, morgen. Zum Backfischfest.«

»Ach, ist jetzt Backfischfest?«

»Ja.« Sie wuschelte ihm mit der Hand durchs Haar. »Es stand in der Tageszeitung. Ich hab's nur überflogen. Einer deiner Mitpatienten hatte sie gerade gelesen.« Gerhild unterbrach sich, »Moment, sie ist vielleicht noch hier.«

Sie kramte in dem Zeitungs- und Zeitschriftenstapel herum, der sich auf einem fahrbaren Wägelchen neben dem Eingang zum Aufenthaltsraum befand. Sie brauchte nicht lange zu suchen, da konnte sie triumphierend den Arm heben. »Ich habe sie.« Sie blätterte, rückte dicht neben Fischer und legte ihm dann die Seite mit dem Artikel in den Schoß. Fischer hob die Zeitung etwas höher. Seine Augen waren auch nicht mehr so gut. Er las laut:

Nachbarregion Rheinhessen

Eine der Attraktionen des Backfischfestes. Wolfram Engel, der Hofnarr des Teufels, ist wieder da. RLPN sendet Spezial. Seit er im Jahre 1997 unmittelbar in den Mordfall Gisela Rodalke beim Fischerfest in Gernsheim/Hessen verwickelt war, ist Wolfram Engel erstmals wieder in der Region.

Anfangs zu den Verdächtigen zählend, orientierte sich die hessische Polizei damals aber rasch anderweitig und ging verschiedenen Spuren nach. Zeugenaussagen zufolge schied Engel als Täter aus, obwohl Gisela Rodalke mit seinem Messer erstochen wurde. Jetzt, nach 13 Jahren, besucht Engel das größte Fest Rheinhessens, das Backfischfest in Worms. ›Ich kann nicht länger vor einem wichtigen Ereignis meines Lebens davonlaufen‹, sagte er neulich in einem Rundfunkinterview.

Er wird sich auch den Kameras des regionalen Fernsehsenders RLPN stellen und seine Einschätzung des Falles aus heutiger Sicht darlegen.

Seit einigen Jahren nimmt seine bundesweite Bekanntheit zu. Er hat eine Lücke in seiner Branche gefunden, die noch nicht besetzt ist. Er ist der gruselige Clown. In einem düster-bunten Mix aus Zaubershow, Magic-Dance und Clownerie der alten Schule begeistert er sein Publikum auf den großen Volksfesten. Auch verschiedene Fernsehsender brachten bereits Beiträge über Engels ungewöhnliche Show.«

Fischer wollte die Zeitung zur Seite legen, aber Alfons Koop nahm sie ihm aus der Hand und las den Beitrag noch einmal.

»Rosi hat mich heute Nachmittag angerufen«, sagte Fischer. »Sie kam nicht richtig mit der Sprache raus. Sie hat herumgedruckst wie ein sehr junges Mädchen. Es wäre beruflich, aber eigentlich doch nicht, und es habe mit meiner Vergangenheit zu tun.«

Gerhild erfasste seine Hand: »Du meinst ...«

»Es würde passen.«

Fischer sah hinten an der »Kommandobrücke«, wie zwei Schwestern der Tagesschicht sehr intensiv mit einer anderen Schwester sprachen, die er bisher noch nicht gesehen hatte. Eine kleine, asiatisch aussehende Frau. Wahrscheinlich die Nachtschwester, dachte er.

Gerhild sagte: »Ich finde es unheimlich.«

Fischer drückte ihre Hand. »Seltsam ist es schon. Aber was soll unheimlich sein?«

»Er kommt nach so langer Zeit zurück. Wir sind auch wieder hier, ganz in der Nähe. Obwohl wir schon längst weg sein wollten.«

»Du wirst mir nicht erzählen wollen, dass mir die Vorsehung mein ›Malignes Melanom‹ geschickt hat, nur damit ich zum selben Zeitpunkt hier bin wie der *Hofnarr des Teufels.*«

Koop blickte von seiner Zeitungslektüre auf, denn das Wort »Malignes Melanom« hatte er noch nicht gehört im Zusammenhang mit Fischers Krankheit.

Fischer bemerkte die Frage in Koops Augen.

»Schwarzer Hautkrebs«, brummte er.

Das wusste Koop. Gerhild blickte etwas verwirrt zwischen den beiden Männern hin und her. »Es steht wieder direkt vor meinen Augen«, sagte sie. »Ich sehe die junge Frau, wie sie auf uns zutaumelt. Das Entsetzlichste war, wie sie versucht hat, das Messer zu ergreifen.«

»Ich habe keinen Schimmer, wovon ihr eigentlich redet«, sagte Alfons Koop.

»Habe ich dir nie davon erzählt?« Fischer kratzte sich am Kinn. Koop schüttelte den Kopf.

»Es war in der Zeit, in der ich mit Gerhild in Mainz wohnte. Ich war noch bei der Schutzpolizei und besuchte Kurse, um in die Kripo überzuwechseln. Ich bin in Gernsheim geboren. Mein Ruf als Jugendlicher war nicht so umwerfend. Und da wollte ich mit meiner Uniform ein bisschen angeben. Zeigen, dass was aus mir geworden war. Der beste Anlass war das Fischerfest Anfang August. Wir gingen hin«, er blickte rasch zu Gerhild, die wie geistesabwesend nickte, »und trafen tatsächlich den einen oder anderen meiner früheren Bekannten.

Unter anderem auch Gisela Rodalke und ihren Bruder Heiner. Auch sein Freund Peter Dellworm war dabei. Wir blieben eine Weile beieinander stehen und beschlossen, gemeinsam ins Festzelt zu gehen, um einen Clown anzusehen, den offenbar Gisela und auch ihr Bruder schon gesehen hatten und von dem sie begeistert zu sein schienen.«

Koop hob die Zeitung und tippte auf den entsprechenden Artikel.

Fischer nickte. »Wir sahen ihn tatsächlich an und er war auch durchaus gut. Mittendrin aber verschwand Gisela aus dem Zelt. Heiner war ziemlich ungehalten. Er wollte, dass wir uns nach dem Feuerwerk wieder zu einem Absacker treffen. Aber Gisela tauchte nicht wieder auf.

Und wir verloren auch Heiner Rodalke und Peter Dellworm aus den Augen.

Erst nach dem Schlussfeuerwerk suchten wir noch mal halbherzig nach den Dreien, dann wollten wir zum Parkplatz. Dazu mussten wir am Zelt vorbei. Wir hörten einen Schrei und sahen vor dem Zelteingang eine Frau. Sie trug ein anderes Kleid und ich habe sie gar nicht gleich erkannt. Gerhild wusste sofort, dass es Gisela war.«

Er machte eine Pause. Gerhild führte die Erzählung fort, als hätten sie sich abgesprochen.

»Du kannst dir das wahrscheinlich nicht vorstellen. Es war absolut grotesk. Da steht diese junge Frau. Ich hatte sie erst an diesem Abend kennengelernt. Sie war so voller Leben und voller ... ja, Lust, das hatte ich ihr angesehen – und jetzt stand sie plötzlich da, in diesem roten Kleid, und es sah aus, als würde sie tanzen. Den Ausdruck in ihrem Gesicht werde ich nicht vergessen. Er war verwundert und gleichzeitig verärgert. Ihr Mund stand halb offen. Ihre Arme fuhren durch die Luft. Sie schien verzweifelt zu versuchen, nach etwas zu greifen, das sich hinter ihr befand. Ich erinnere mich auch, dass ich dachte: Wie betrunken muss jemand sein, wenn er sich nicht einfach umdreht, um etwas zu packen, das hinter ihm ist?

Ich habe das später mal ausprobiert. Es gibt bestimmte Stellen am Rücken, da kommt man mit den Händen einfach nicht dran. Da gerät man schon in Panik, wenn es nur juckt. Ich stelle mir vor, wie entsetzlich der Schmerz sein muss, den der Stich eines Messers verursacht.

Und während du versuchst, diesen unglaublichen Schmerz loszuwerden, indem du wenigstens versuchst, ihn zu begreifen, kommt dir die Erkenntnis, dass der Fremdkörper in deinem Fleisch dich töten wird.«

Gerhild schluchzte auf. Die junge Asiatin, die Fischer für die Nachtschwester hielt, kam gerade in der Nähe vorbei. »Ist alles in Ordnung?« Sie sprach akzentfrei.

»Danke«, sagte Gerhild. Fischer umarmte sie.

Koop fragte: »Und, wer war's? Der Clown?«

Fischer legte Gerhild zart einen Finger auf den Mund. »Die Polizei hatte ihn im Verdacht. Ihren Bruder übrigens auch. Aber das hat sich zerschlagen. Da gab es Zeugen, die einen oder mehrere andere mit Messern gesehen haben wollten.«

»Aber der Bruder war auch dabei?«

»Ja, kaum war Gisela zusammengebrochen, tauchte hinter ihr Engel auf. Dann stürmte Rodalke an ihm vorbei, drängte ihn zur Seite, hätte ihn beinahe umgeworfen. Als Dritter kam Dellworm. Ich war bei Gisela geblieben, aber Rodalke schob mich beiseite, warf sich über die Leiche und jammerte wie ein Klageweib.

»Und was hat Rosi mit der ganzen Sache zu schaffen?« Jetzt lehnte sich Fischer zurück, und da er den Arm um Gerhild gelegt hatte, rutschte sie mit zurück.

»Das weiß ich eben nicht. Ich müsste sie anrufen. Aber das Gespräch vorhin war so verfahren ...« Koop beugte sich vor: »Soll ich sie anrufen?«

»Du? So gut kennst du sie ja nun auch nicht.«

Gerhild, die wusste, dass Alfons Koop von Rosi Blum schwärmte wie ein Halbwüchsiger, sagte: »Vielleicht hätte er jetzt eine Möglichkeit, sie besser kennenzulernen.«

Koop nahm Gerhilds Hilfe an. »Richtig, du bist nach dem Gespräch und überhaupt gar nicht in der Lage, mit ihr zu sprechen – emotional gesehen.«

Gerhild sagte: »Wieso eigentlich nur telefonieren. Es scheint ja wirklich wichtig zu sein. Warum fährt Alfons nicht hin?«

Fischer musste grinsen: »Gut, von mir aus. Hier langweilst du dich doch nur.«

Für Alfons Koop fielen alle Feiertage zusammen. Besonders der Valentinstag. Er sprang auf. »Irgendwelche besonderen Anweisungen, Meister?«

»Na ja, finde heraus, was los ist, und wenn es tatsächlich mit damals zu tun hat, soll mich Rosi hier gleich anrufen. Und ganz wichtig: Gerhild ist in Husum – und ich bin zwar bei Freunden in Mannheim, aber keineswegs in der Klinik. Hast du das verinnerlicht?«

»Alles klar, Meister.« Dann sah er Gerhild an: »Danke, Chefin!« Und schon marschierte er durch den Gang Richtung »Kommandobrücke«. Im Laufen holte er bereits die Schlüssel seiner Harley aus der Jacke. Kurz bevor er abbog, drehte er sich noch einmal zu einem etwas linkischen Winken aus der Hüfte um.

»Meister, Chefin – meint er das ironisch, oder hat er ein Sklaven-Gen in sich?« Gerhild stellte sich die Frage ernsthaft.

»Das ist sein Kinder-Gen. Und da er unmöglich Papa und Mama zu uns sagen kann, macht er das so, wie er es macht.«

Gerhild lächelte. »Ich versuche mir die beiden gerade als Paar vorzustellen.«

»Lieber nicht«, sagte Fischer, grinste, aber dann spürte er wieder einmal diesen ziehenden Schmerz am rechten Oberschenkel.

15

Fischerstechen war Bernd Sailers Welt. Er war seit Jahren dabei. Am Donnerstag hatte er am Gaudistechen teilgenommen, jetzt fieberte er dem traditionellen Fischerstechen am Sonntag entgegen.

Er stand seitlich vom Neuner-Zelt neben einer Schießbude und trank sein drittes Bier. Sein Bruder Sascha machte ihm Sorgen. Er hatte ihm beim Training und beim anschließenden Trinken geholfen und war genauso wild auf die große Veranstaltung am Sonntag wie Bernd, aber es gab in Saschas Leben einen Schönheitsfehler. Und der hieß Tina.

»Red ihr das aus!«, sagte er zu Sascha und trank. Sascha trank ebenfalls und blickte wild in alle Himmelsrichtungen. »Das traut sie sich nicht.«

»Du machst alles falsch. Wenn du ein bisschen sanft sein solltest, benimmst du dich wie die Axt im Wald, aber wenn es gilt, Kante zu zeigen, bist du ein totaler Warmduscher.«

Sascha hatte ebenfalls drei große Biere getrunken, aber das zeigte sich bei ihm deutlicher als bei seinem Bruder. »Warmduscher?!« Er stellte das Bier auf dem Tresen der Schießbude ab, neben der sie standen. »Hast du Warmduscher gesagt?« Er baute sich vor seinem Bruder auf und ging in Boxposition.

Bernd sah ihn kopfschüttelnd an. »Ist nicht dein Ernst, Kleiner, oder?«

Die Anrede traf es exakt, denn Sascha war einen ganzen Kopf kleiner als Bernd und deutlich weniger voluminös. Bernd hatte Fett und Muskeln, Sascha nur Sehnen. Sie waren überhaupt ein gelungenes Beispiel für ein geschwisterliches Gegensatzpaar, obwohl beide vom selben Vater und von derselben Mutter abstammten.

Bernd hatte eine Halbglatze, was ihn manchmal in den Verdacht brachte, zur Neonazi-Szene zu gehören. Das traf aber nicht zu. Seine Stirn war hoch, was nicht nur am Fehlen der Haare an den richtigen Stellen lag.

Sascha hatte eine besonders spitze Nase und einen wirren dunkelbraunen Haarschopf, der ihn manchmal wie ein junges Rumpelstilzchen aussehen ließ.

»Warmduscher?«

»Sag ihr nur, sie soll diese Fernsehscheiße nicht machen«, wiederholte Bernd und trank ungerührt von seinem Bier. »Wo ist sie eigentlich? Es wäre mir lieber, sie wäre bei dir. Wenigstens bis zum Stechen. Danach kann sie machen, was sie will.«

Die Wirkung der Biere hinderte Sascha daran, auf das Friedensangebot seines Bruders einzugehen.

»Warmduscher? Du hast doch Warmduscher gesagt. Oder etwa nicht? Ey! Oder?«

Er tänzelte immer noch vor Bernd herum. »Da hinten kommt deine Flamme. Reagier dich an der ab«, sagte Bernd und wies mit dem Kinn auf die Gegend hinter Sascha.

Er drehte sich mühsam um. Tatsächlich, Tina kam. Mit strammem Gang und entschlossenem Gesicht. »Ich hab gewusst, dass ich euch hier finde«, sagte sie.

»Hast du gehört?«, lallte Sascha.

»Was?«

»Hast du gehört?«

»Was soll ich gehört haben?«

»Dass du nicht ins Fernsehen sollst.«

»Wer befiehlt das?«

Sascha holte tief Luft: »Ich.« Tina lachte. »Und Bernd!«, fügte Sascha mit Nachdruck hinzu.

Bernd rollte mit den Augen. »Tinalein, du kannst machen, was du willst, von mir aus kannst du 'ne Rolle im nächsten Harry Potter spielen, aber vor dem Fischerstechen solltest du nicht mehr im Kasten auftauchen.«

»Aber da ist doch nichts dabei. Ich soll nur ein Autogramm von Herrn Engel holen, und dabei wollen sie mich filmen.«

Sascha hatte die Tänzelei eingestellt und stand nun mit nach vorn hängendem Oberkörper schwankend vor Tina. Seinen Kopf hielt er hochgereckt.

»Da wird nix gefilmt!«

»Und warum nicht?«

Bernd antwortete an Saschas Stelle. »Weil das nicht gut für mein Image ist.«

»Was hab ich denn mit deinem Image zu tun?«, fragte Tina lauernd.

Jetzt antwortete wieder Sascha: »Weil du eine dämliche Kuh bist und weil du bis jetzt in jedes Fettnapf ... Fett ... du sollst uns nicht blamieren.«

Tina sah ihn mit einer unglaublichen Wut an. So etwas hatte sie noch nie gefühlt. Sascha war nicht gerade für eine zimperliche Ausdrucksweise bekannt, und es hatte ihr nie etwas ausgemacht, wenn er ihren Hintern als zu fett bezeichnete. Aber dass er, ausgerechnet er und sein eingebildeter Bruder Angst davor hatten, dass Tina sie blamieren könnte, das ging zu weit.

»Ich kann dich nicht blamieren«, rief sie in das hochgereckte Gesicht hinein, »denn wir sind kein Paar mehr.«

Damit drehte sie sich um und ging durch die Schluchten von Fahrgeschäften und Verkaufsbuden Richtung Rhein und »Hagenbräu«.

Hinter sich hörte sie Sascha ihren Namen brüllen. Sie ging unbeirrt weiter. Sehr aufrecht, sehr stramm, selbstbewusster denn je.

»Wenn du jetzt nicht stehen bleibst ...« Saschas Stimme erklang dicht hinter ihr.

Sie hatte das Hagendenkmal erreicht. Überall waren Menschen.

Dort leuchtete das blaue Stewardessen-Kostüm der Frau vom RLPN. Annie Perrak. Und daneben ein gut aussehender junger Mann ... und er, Wolfram Engel.

Die Perrak sah sie zuerst kommen. Ihre Augen weiteten sich etwas, als sie an Tina vorbeisah. Ihre Begleiter bekamen das auch mit.

Tina schielte über die Schulter und sah Saschas beide Hände angeflogen kommen. Sie fühlte einen Ruck, spürte, wie sich seine Finger um ihren Hals schlossen.

»Ken!«, rief Frau Perrak. Der gut aussehende, braungebrannte junge Mann machte einen Schritt auf Tina und Sascha zu, aber Engel war schneller.

Er stand auch näher. Er pflückte Saschas Hände von Tinas Hals wie getrocknete Schwammpilze von alten Bäumen.

Blitzschnell hatte er Saschas rechten Arm hinter dessen Rücken gedreht, im bewährten Polizeigriff. »Sie wollen sich entschuldigen«, sagte er mit seiner ruhigen Stimme, ohne Fragezeichen.

»Fick dich!« Sascha tobte, aber nicht zu sehr, denn jede Bewegung verursachte ihm Schmerzen.

»Sie wollen sich entschuldigen!« Das kam mit Nachdruck. Tina sah Sascha zappeln, und plötzlich tat er ihr leid. »Das ist mein Freund. Er hat etwas dagegen, dass ich bei Ihnen mitmache.«

Der gut aussehende junge Mann streckte ihr die Hand entgegen. »Ah, dann sind Sie Tina. Die beiden haben mir schon von Ihnen erzählt. Mein Name ist Strauss vom RLPN. Ich leite das Projekt hier.« Dann wandte er sich direkt an Sascha: »Wenn Sie sich jetzt sofort bei Ihrer Freundin entschuldigen, werde ich bei Herrn Engel ein gutes Wort für Sie einlegen. Vielleicht kann ich ihn dazu bringen, dass er Ihren Arm nicht bricht. Also?!«

»Leck ... aah.« Jetzt erst kam Sascha in eine Position, aus der er Engels Augen sehen konnte. Das war es, was ihn letztlich umstimmte, nicht die Drohung von Kenneth Strauss.

»Tina«, presste Sascha hervor, »ent...schuldige. Ich ...«

Tina sah von einem zum anderen. Strauss lächelte selbstgefällig, Annie Perrak machte sich offensichtlich über die Besitz- und Bildungsarmen lustig, Sascha wirkte nun, als habe er es mit der Angst zu tun bekommen, und Engels Gesicht zeigte keine Regung, als er Saschas Arm losließ.

Sascha starrte Tina an, als wolle er jeden Moment losbrüllen. Aber er schwieg, drehte sich um und tappte den Weg Richtung Neuner-Zelt zurück.

Tina blieb stehen und sah ihre neuen Verbündeten an. Von dem Angebot, im Engel-Film mitmachen zu können, hatte sie Simone schon heute Nachmittag erzählt. Aber das jetzt, das mit Sascha und Engel, das würde Simone umhauen.

Strauss spendierte ihr einen Wein. Engel trank sein Glas leer. Er beobachtete die ganze Zeit eine Stelle zwischen einer Bratwurstbude und einer Schießbude. Tina prostete allen zu, folgte aber dann dem Blick Engels. In der Lücke zwischen den Buden stand ein alter, eingefallen wirkender Mann, der unablässig zu ihnen hinsah.

Als Tina nach zwei Minuten wieder den Kopf wandte, war der Alte immer noch da.

16

Die Autofähre nach Gernsheim bewegte sich langsam auf das hessische Ufer zu. Rosi und Rodalke standen neben Rosis Kadett und erlebten die Überfahrt schweigend. Rosi fragte sich, wie viel Rodalke von der Gegend noch zu sehen vermochte.

Er wohnte zwar auf der rheinland-pfälzischen Seite des großen deutschen Stroms in Rheinhessen, aber er hatte darauf bestanden, Rosi den Platz zu zeigen, an dem es geschehen war.

Während sich die Fähre im Zeitlupentempo der Anlegestelle in Gernsheim näherte, faszinierte der Brückenstumpf in der Nähe des Hafens Rosi zusehends.

»Sehen Sie die Brückenreste?«, fragte Rodalke unvermittelt. »Die Deutsche Wehrmacht hat die Brücke 1945, kurz vor dem Ende, vernichtet, um die Alliierten zu stoppen. 1997 stand das Gegenstück noch auf der rheinhessischen Seite. Aber die Rheinland-Pfälzer haben es vor ein paar Jahren gesprengt. Die Hessen haben diesen Teil hier stehen lassen. Als Mahnmal, sagen sie. Sehen Sie am Ende der Brücke den Bunker?«

Rosi bejahte. Rodalke sagte: »Dort hat der Brückenschutz gehaust. Und das hat sich die Wasserschutzpolizei später zum Dauerquartier ausgebaut. 1979 war sie im Fährhaus.«

Als die Fähre angelegt hatte, dirigierte Rodalke Rosis Wagen zu einem kleinen Parkplatz in der Nähe des Hafens. Mit wenigen Schritten gingen sie zu einem asphaltierten Platz hinüber. Links davon sah sie hinten das Quartier der Wasserschutzpolizei an den Brückenresten und einen Sportplatz, rechts ein Lokal und das Hafenbecken.

Rodalke bewegte sich langsam. Rosi bot ihm an, ihn zu stützen.

»Ich habe ein Augenproblem«, fauchte er, »keine Gicht.« Dann drehte er sich zu ihr um: »Nehmen Sie es nicht persönlich, junge Frau. Manchmal übertrage ich die Wut auf ihn und auf mich auf andere. Und das ist unfair.«

»Die Wut auf Herrn Engel verstehe ich, immerhin halten Sie ihn für den Mörder Ihrer Schwester, aber wieso sind Sie auf sich wütend?«

»Weil ich zu faul und zu feige war, ihn konsequent zu verfolgen. All die Jahre lang. Aber das habe ich ja schon gesagt.«

Sie befanden sich nun am Rande des Platzes.

»Hier stand das Zelt«, sagte Rodalke und machte mit beiden Armen eine umfassende Geste.

»Und hier«, er ging ein paar Schritte auf den Platz, es waren sehr sichere Schritte, »hier lag sie. Hier ist sie hingestürzt.«

Rosi blieb, wo sie war. Sie glaubte, dass er jetzt allein dort stehen wollte. Dort, wo er wahrscheinlich schon so oft gestanden hatte, dass die schattenhaften Reste seines Augenlichts ausreichten, um die Stelle immer wieder zu finden.

Er forderte sie nicht auf, zu ihm zu kommen. Aber sie sah etwas anderes. Ein uniformierter Mann näherte sich vom Hafen her. Die Uniform war blau, mit goldenen Ärmelstreifen. Wasserschutzpolizei, mutmaßte Rosi. Er trug einen Schnurrbart und ging zu Rodalke hinüber. »Herr Rodalke«, begrüßte er den alten Mann, »Sie waren lange nicht hier. Jedenfalls habe ich Sie eine Ewigkeit nicht gesehen. Was machen die Augen?«

Die beiden Männer schüttelten sich die Hände. »Herr Bussar, es ist gut, dass Sie hier sind.« Er wies auf Rosi. »Diese junge Frau ist

Detektivin. Frau Blum aus Worms. Und das ist Polizeihauptkommissar Bussar. Er war damals dabei.«

Rosi ging zu den beiden Männern hin und Bussar reichte ihr die Hand. Er kümmerte sich aber nicht weiter um sie, sondern sprach wieder direkt Rodalke an. »Sie haben Frau Blum aber nicht wegen des Todes Ihrer Schwester engagiert, Herr Rodalke.«

»Ich habe sie noch gar nicht engagiert. Aber er ist wieder hier. Und es soll sogar hier gefilmt werden.«

Herr Bussar sagte: »Ja, der RLPN hat eine Drehgenehmigung für morgen bekommen.«

Rodalke sah ihn sehr traurig an: »Niemand hat ihn über diese ganze Zeit hin ernsthaft verfolgt. Auch ich nicht. Es ist meine Strafe, dass ich jetzt nicht mehr ernst genommen werde.«

Sie verabschiedeten sich von Herrn Bussar, der Rosi zum Schluss einen Blick zuwarf, den sie als Warnung wertete, Rodalkes Gerede für das eines allmählich verwirrten, vom Schicksal gebeutelten Mannes zu nehmen. ›Der gönnt mir nur mein Honorar nicht‹, dachte sie.

Sie fuhren mit der letzten Fähre um 21.30 Uhr zurück nach Rheinhessen, und Rosi fuhr Rodalke in dessen kleines Haus in Hamm. Er bat sie, an der Tür zu warten und überreichte ihr einen riesigen Leitz-Ordner. »Zum Einarbeiten!«

Rosi nahm den schweren Ordner in beide Hände. »Sagen Sie bloß, das sind Berichte über Engel?«

Rodalke sah stolz aus, als er bestätigte. »Wenn ich schon nicht wirklich hinter ihm her war, habe ich doch alles gesammelt.«

Bevor sie fuhr, wollte Rosi noch etwas von Rodalke wissen: »Welche Funktion habe ich denn jetzt eigentlich in Ihren Plänen? Strauss will mich als Bodyguard für Engel engagieren. Ich hätte nie gedacht, dass Sie das wissen und dass Sie sich Strauss gegenüber damit einverstanden erklärt haben. Ich verstehe nicht, was Sie eigentlich wollen. Wie können Sie Engel vernichten wollen und sich gleichzeitig von denen ruhig stellen lassen, die ihn vor Leuten wie Ihnen schützen wollen?«

Rodalkes Gesichtsausdruck bekam etwas von einem Fuchs. »Diese Frage haben Sie sich eben gerade selbst beantwortet, kluge Frau

Detektivin. Ach, wenn Sie etwas von Ludwig Fischer hören, grüßen Sie ihn von mir.« Rosi erwiderte: »Nun, er ist auf dem Weg in den Norden. Er will sich aufs Altenteil zurückziehen. Zusammen mit seiner früheren Freundin Gerhild.«

»Ach, sind die wieder zusammen? Das ist schön. Nachdem er bei der Polizei rausgeflogen ist und sie in der Psychiatrischen vor sich hingedämmert hat ... So, so, sind die also wieder zusammen. Wissen Sie, sie war damals sehr gut zu mir. Wie eine Mutter. Eine sehr junge Mutter.« Er lächelte und reichte Rosi die Hand. »Ich habe Sie bis jetzt noch nicht engagiert, junge Frau, nicht wahr?« Sie klemmte sich den Ordner unter den linken Arm und nahm seine Hand. »Das stimmt, und wenn es um das geht, was auf der Hand liegt, müsste ich Ihnen sowieso absagen, denn dann bin ich in einem Interessenkonflikt. Herrn Strauss werde ich nämlich zusagen.« Über Dellworm verlor sie kein Wort.

»Gut, gut, arbeiten Sie den Ordner trotzdem durch. Er wird Ihnen helfen, sich ein Bild zu machen.«

Als sie nach Worms zurückfuhr, war Rosi so verwirrt wie lange nicht mehr.

17

Nahe der doppelten Rheinbrücke am Rande des Backfischfest-Geländes saßen Strauss, Annie Perrak, Engel und Tina im Innern des Lokals »Kolbs Biergarten« beieinander. Tina wunderte sich immer mehr, dass sich diese Leute mit ihr abgaben. Sie war sich ihrer Unattraktivität und ihrer Unzulänglichkeiten mehr denn je bewusst. Gleichzeitig aber merkte sie, dass sie im Gespräch mit diesen Leuten mithalten konnte. Nicht bei jedem Thema, weiß Gott nicht, und sie stotterte auch beim Reden, aber es ging im Prinzip ganz gut. Ihr fielen Sätze ein, die sie mit Sascha nie geübt hatte, hier ging es aber. Simone war wohl eine bessere Lehrerin, als gedacht. Die wusste inzwischen, dass Tina hier war und freute sich für sie.

Tina war aufgefallen, dass sogar Annie Perrak in ihrem Stewardessenkostüm nicht mehr so gönnerhaft zu ihr war. Gewiss, die würde nie ihre Freundin werden, aber etwas mehr Respekt als zu Anfang zollte ihr die RLPN-Dame schon. Das Tollste aber war er.

Er kümmerte sich nicht besonders um sie. Aber immer, wenn er mit ihr sprach, sah er sie auch an, was sie von diesem Kenneth Strauss nicht sagen konnte. Der plapperte immer lustiges Zeug an ihr vorbei.

Tina hatte ein wenig Angst vor Sascha. Nun, sie wohnte nicht mit ihm zusammen, und er besaß auch keinen Schlüssel mehr für ihre kleine Sozialwohnung, seit er ihn verloren hatte. Folglich konnte sie mit einer gewissen Beruhigung später nach Hause gehen. Es sei denn, er lauerte ihr auf. Aber bis dahin war er wahrscheinlich so zugesoffen, dass er zu keiner Gewalttätigkeit mehr fähig war.

Tina hatte gerade etwas halbwegs Intelligentes auf eine von Strauss' Fragen nach ihrem beruflichen Werdegang geantwortet, da traf ihr Blick eine Gestalt in der offenen Tür. Die hatte sie heute schon einmal gesehen. Einen alten, zerknitterten Mann, der leicht hinkend ein paar Schritte in die Schankstube hincin machte und dann stehen blieb. Richtig, der war vorhin am Zelt gewesen, als Engel sich Sascha vorgenommen hatte.

Engel sah ihn auch. Der Mann kam ein paar Schritte näher.

Es war Tina nicht klar, ob Engel den Mann kannte, bis er plötzlich mit fragender Stimme sagte: »Dietmar?«

»Gutes Gedächtnis, Wolfram.«

So hieß er also mit Vornamen. Wolfram. Tina beschloss, diesen Namen zu mögen. Es war ja blöd, ihn in Gedanken ständig Engel oder Hofnarr zu nennen. Und sie würde noch oft an ihn denken.

»Hast schon gedacht, mich hätten meine Nierensteine und alle anderen Zipperlein dahingerafft, ne?«

»Das kann jeden Augenblick passieren«, sagte Engel mit einer gewissen Schärfe in der Stimme. »Du siehst nicht aus, als wolltest du den Sommer überleben.«

»Mag sein, aber damit dein Überleben in Freiheit gesichert ist, solltest du kurz mit mir vor die Tür kommen.«

Strauss beugte sich zu Engel. »Alles in Ordnung? Irgendetwas, das ich wissen müsste? Kann man helfen?«

Engel schüttelte erst den Kopf, dann nickte er langsam und stand auf. »Alles klar, Ken. Ich bin gleich wieder da.« Damit verließ er hinter dem Alten das Lokal. Sie blieben in der Nähe des Eingangs und sprachen miteinander.

Tina bemerkte, dass Engel vollkommen ruhig, fast steif dastand und der andere mit Händen und Füßen redete. Es wirkte so, als seien es seine Arme nicht gewohnt, ständig in Bewegung zu sein. Er sah aus wie ein schlecht geölter Roboter einer uralten Baureihe, und es hatte den Anschein, als würde er bei seinem Herumgefuchtel jedes Mal schmerzhaft das Gesicht verziehen.

Tina hätte zu gern gelauscht. Engel drehte sich jetzt von der offenen Tür ab und ging langsam ein paar Schritte. Der Alte blieb ihm auf den Fersen, redete auf ihn ein.

Tina verrenkte sich, um durch eines der mit Pflanzen zugestellten Fenster zu sehen, und dabei entdeckte sie, dass etwas anderes auf sie zukam.

Es war Sascha, der mit hoch erhobenem Kopf und geballten Fäusten im Stechschritt auf die Eingangstür von »Kolbs Biergarten« losmarschierte. Er ging zwar an Engel und seinem Gesprächspartner vorbei, schien sie aber nicht wahrzunehmen. Er hatte ein Ziel.

Als er in den Raum stürmte und sofort in ihre Richtung sah, wusste Tina, dass irgendjemand Sascha verraten hatte, dass sie hier war. Wahrscheinlich einer von Bernds unzähligen Kumpels.

»Und jetzt kommst du mit!«, brüllte Sascha.

Als Strauss aufstand und etwas sagen wollte, holte Sascha einen Schraubenschlüssel unter seinem T-Shirt hervor.

»Und du, setz dich hin!« Strauss ließ es sich nicht zweimal sagen.

Tina stand auf. Es war wohl besser, erstmal mitzugehen. So wütend war Sascha noch nie gewesen. Nicht einmal vorhin. Und das Gefährlichste war: Er wirkte nicht mehr betrunken.

18

Kenneth Strauss saß wieder auf seinem Stuhl – und er ärgerte sich. Wie konnte es möglich sein, dass er sich von diesem kleinen Spinner Sascha etwas befehlen ließ?

Der stand da, mit seinem Schraubenschlüssel in der Faust, und kam sich wahrscheinlich vor wie der Terminator persönlich.

Annie Perrak zupfte an Strauss' Hemdsärmel. Er tat so, als hätte er es nicht gemerkt.

Tina stand bereits vor dem Tisch und begann, langsam auf Sascha zuzugehen.

Strauss bedauerte, dass Engel jetzt nicht hier war. Der spazierte draußen mit dem komischen alten Mann herum. Strauss konnte ihn von seinem Platz aus gar nicht sehen, obwohl er versuchte, einen Blick zu erhaschen.

Mist, nun war er hier der große Junge. Er musste jetzt dieses unbedarfte kleine Ding beschützen. Und er durfte nicht so wirken wie ein Hosenscheißer, denn dann würde sich das im Filmteam und im Sender herumsprechen.

Annie war berühmt für ihre spitze und rund um die Uhr einsatzfähige Zunge. Sie mochte es, Denkmäler zu stürzen. Manchmal begnügte sie sich auch damit, Images anzukratzen, mit dem gleichen Vergnügen, mit dem kleine Jungs mit Nägeln in den Händen an gut lackierten Sportflitzern vorbeigingen.

Sie zupfte wieder an Strauss' Ärmel.

Komisch, dass kein anderer im Lokal sich irgendwie einmischte. Es musste doch auch den Gästen am selben Tisch, oder denen an den anderen, eng gestellten Tischen auffallen, dass da ein junger, bewaffneter Hitzkopf stand, der zum Äußersten bereit war.

»Brauchst du 'ne Einladung?« Saschas Stimme klang stählern. Strauss überlegte, wen er da wohl imitierte.

Tina schien sich weder von ihm noch von Annie oder irgendeinem anderen im Raum Hilfe zu erwarten. Sie stand jetzt unmittelbar vor Sascha. »He, mach keinen ...«

»Wir sind also kein Paar mehr?« Sascha schnaubte wie ein erregtes Pferd.

»He, wir können über alles reden, aber jetzt steck erst mal das Ding da weg.«

Strauss wunderte sich über die ruhige Sprechweise Tinas. Nun ja, diese Pappenheimer kannten sich untereinander. Die wussten, wie der Partner tickte, wie man mit ihm umgehen musste, bevor die ganz große Eskalation ...

Sascha brüllte: »Warum grinst du so blöd?« Das galt ihm. Hatte er gegrinst? Das war ihm gar nicht aufgefallen.

Strauss starrte in das Gesicht des Jungen.

Annie Perrak saß zwar neben ihm, aber weil er Sascha fixierte, konnte er sie im Augenblick nicht sehen. Er spürte sie dennoch so nahe und intensiv wie nie. Er fühlte ihr Lauern.

Auch Tina sah ihn an.

Erwartungshaltungen.

Warum reagierten die drei Kellnerinnen nicht? Oder die zwei Leute hinter der Thcke?

»Ich hab dich was gefragt, Arschgesicht. Warum grinst du?«

Spätestens jetzt musste etwas geschehen. Das *Arschgesicht* durfte er nicht hinnehmen. Er wusste, wie er wirkte. Sportlich, dynamisch, durchsetzungsfähig. Und bei der ersten Auseinandersetzung vorhin am Denkmal war er auch spontan bereit gewesen, einzugreifen. Engel hatte sich quasi vorgedrängt.

Er stand auf. Langsam, ohne Hektik. Er musste zeigen, dass er nicht aufgeregt war.

Sascha griff Tina mit der Linken in Hüfthöhe ins lange, schwarze Haar und wickelte sich eine Strähne um die Finger, bis seine Hand Tinas Kopfhaut erreichte. Mit der Rechten hob er den Schraubenschlüssel etwas hoch. Tina gab einen zischenden Laut von sich und ihre Augen verengten sich zu schmalen Schlitzen. Sie versuchte, Saschas Arm zu packen, aber da zerrte er nur einmal an ihren Haaren und sie stieß einen kleinen Schrei aus.

»Willst du sie nicht retten?« Sascha weidete sich an Tinas Schmerz. Seine Augen flogen zwischen ihr und Strauss hin und her.

Der Bursche war seit vorhin viel selbstsicherer geworden, dachte Strauss. Denn er musste ja damit rechnen, dass Engel auch noch da war. Und vor dem hatte er durchaus Respekt gezeigt. Aber hier trat er auf wie einer, dem nichts etwas ausmacht.

Sascha höhnte: »Du hattest doch vorhin so ein großes Maul. Von wegen: gutes Wort bei dem Herrn Engel einlegen. Wo ist er denn, dein Herr Engel, he?«

Konnte der Idiot nicht einfach seine uninteressante kleine Tussi an den Haaren packen und aus der Kneipe schleifen?

»Ken!«, sagte Annie, und es klang beinahe strafend.

Strauss nahm sein Handy, tippte eine Nummer ein und sagte laut: »Polizei? Mein Name ist Strauss, RLPN. Ich befinde mich mit Freunden in ›Kolbs Biergarten‹, wir werden körperlich bedroht von einem ...«

Sascha schlug ihm mit dem Schraubenschlüssel das Handy aus der Hand. Es klatschte in sein Bierglas. Das Werkzeug streifte schmerzhaft seinen Unterarm und krachte auf den Tisch.

Durch die Bewegung hatte Sascha Tina mit sich gerissen, ohne ihr Haar loszulassen, so dass sie jetzt sehr laut aufschreien musste. Annie war aufgesprungen.

Strauss fühlte Wut in sich hochkochen. Gott sei Dank! Das würde ihn befähigen, etwas zu tun. Vielleicht nicht das Richtige, aber etwas, das Annie später nicht als Tatenlosigkeit kolportieren konnte. Er griff blind zu, erwischte tatsächlich Saschas Handgelenk und drehte es, bis der Schraubenschlüssel auf den Kneipenboden fiel.

Sascha ließ automatisch Tina los und griff mit beiden Fäusten an.

Strauss dachte an diverse Kurse in den verschiedensten Kampfsportarten, die er im Laufe der Jahre als Sohn vermögender Eltern genießen musste. Judo, Jiu Jitsu, Karate, überall hatte er einmal reingeschnuppert, am liebsten jedoch war er geschwommen und hatte Tennis gespielt. Aber ein Kampf mit einem so dürren Bürschlein wie diesem müsste zu gewinnen sein. Immerhin war Strauss durchtrainiert. Gut, untrainiert war der Knabe auch nicht, aber ...

Über den Tisch hinweg traf sein Gegner seinen Solarplexus. Strauss japste, die Knie sackten ihm weg.

Während er auf seinen Stuhl zurücksank, hatte sich Sascha blitzschnell gebückt und den Schraubenschlüssel wieder aufgehoben. Annie stand noch.

»He, Tussi«, sagte Sascha, »dein Typ hat nix drauf. Der sieht nur so aus.«

»Das ist mein Chef, nicht mein Typ«, sagte Annie. Strauss gefiel ihr Ton nicht. Aber was hatte er denn erwartet?!

Sascha wollte sich nun wieder Tina zuwenden, aber die war rasch Richtung Tür gelaufen.

Andere Leute im Lokal waren inzwischen stehen geblieben, riefen, einige erhoben sich von ihren Plätzen, die meisten nicht mehr nüchtern. Keiner blickte so richtig durch, was eigentlich passiert war. Eine der Kellnerinnen rief mit dem Handy die Polizei an. Annie fragte Strauss geschäftsmäßig, ob sie etwas für ihn tun könne. Tina lief durch die offene Tür. Aber Sascha holte sie ein.

Strauss versuchte aufzustehen. Es gelang nicht. Tina und Sascha verschwanden aus seinem Blickfeld.

19

Die Geräuschkulisse hier draußen vor dem Lokal war anders als drinnen. Durch das Backfischfest war der Lärm womöglich größer, aber es war mehr Platz, mehr Luft hier draußen. Das gab Tina das Gefühl, leichter entkommen zu können.

Aber das war ein Trugschluss. Saschas Hände griffen von hinten nach ihr, beide. Sie krallten sich wieder in ihr Haar, diesmal in Schulterhöhe. »Von wegen, wir sind kein Paar mehr!«

Warum war er so unglaublich aktiv? Nachdem er sich derart betrunken hatte? Ob er sich ein Tütchen eingepfiffen hatte? Er war doch seit einem Jahr weg davon.

Tina hasste ihn. Er musste weg. Sie wollte, dass er tot war, denn dann würde er nie wieder nach ihren Haaren greifen können.

Sie hatte ihn früher gern in ihr Haar greifen lassen. Auch sein Rauschgift hatte sie probiert. Sie schien ein medizinisches Wunder zu sein, denn sie wurde nie wirklich süchtig. Sie hatte es bald wieder aufgegeben. Es brachte ihr einfach nichts.

Für Sascha aber hätte sie damals noch viel mehr getan, als Rauschgift zu konsumieren. Aber das war eine andere Zeit. Ob es auch ein anderer Sascha war, wusste sie nicht. Hier und heute war das aber vollkommen egal.

Er sollte sie nur loslassen.

Und dann ließ er sie los. Tina wusste nicht, was geschah. Sie sah vor sich nur den alten, verknitterten Mann, der mit dem *Hofnarren* das Lokal verlassen hatte. Seitlich hinter sich hörte sie Sascha nach Luft schnappen.

Während sie sich umwandte, nahm sie den Gesichtsausdruck des alten Mannes wahr. Selten hatte sie ein zufriedeneres Gesicht gesehen.

Dann sah sie, warum sie freigekommen war: Engel hatte Sascha ergriffen. Er stand hinter dem jungen Mann, hielt dessen Arm wie vorhin auf den Rücken gedreht, aber diesmal tat seine rechte Hand etwas anderes. Die Spitze eines Messers lag direkt über Saschas Adamsapfel, drückte die Haut leicht nach unten.

»Das wird jetzt wehtun«, sagte Engel wie eine Krankenschwester.

Dann schlug Tina die Hände vors Gesicht, denn sie sah ein dünnes Blutrinnsal an Saschas Gurgel.

Etwas verbot ihr, um Gnade für ihren Freund zu bitten. Wollte sie ihn nicht eben noch tot sehen? Wäre es nicht wirklich besser, der *Hofnarr* würde Schluss machen?

»Bitte, nicht umbringen.«

Dieser Satz kam nicht von Tina, obwohl sie etwas Ähnliches auch gerade hervorwürgen wollte – trotz allem.

»Bitte!« Es war Sascha.

Die Klinge blieb, wo sie war. Engels Mund war dicht an Saschas Ohr. Er war leise und intensiv wie meistens: »Das Backfischfest dauert noch bis zum Sonntag. So lange bin ich hier und so lange wird Tina in meiner Nähe bleiben. In dieser Zeit will ich dich nicht sehen. Auch nicht zufällig. Tina wird meine Telefonnummer bekommen, wenn ich abgereist bin, und sie wird mich informieren, ob du ihr noch einmal zu nahe gekommen bist. Ich sage dir nicht, was geschieht, wenn sie mich deinetwegen anrufen muss.« Damit schob er sich seitlich so weit an Saschas Körper vorbei, ohne ihn loszulassen, bis ihrer beider Nasen sich berühren konnten. »Aber schau mir ganz fest in die Augen, dann wirst du es wissen. Ganz fest.«

Einige Sekunden lang rührte sich keiner der beiden Männer. Dann verschwand das Messer, der ältere ließ den jüngeren los und Sascha griff sich an den Hals. Das Papiertaschentuch, das ihm Engel reichte, nahm er nicht. Dann schlurfte er langsam davon, Richtung Backfischfestplatz. Tina hatte ihn noch kurz gesehen, bevor er sich abwandte. Sie war sich sicher, dass er abbiegen würde, bevor er zur Rheinuferpromenade kam. Bernd würde wohl allein sein beim Fischerstechen.

20

Die Nachtschwester mit dem asiatischen Aussehen hatte sich als eine am Donnersberg geborene Tochter eines Zugereisten aus Frankreich und einer Vietnamesin entpuppt. Dass sie zu allem Überfluss mit einem Iren verheiratet war und Hedi hieß, brachte für Fischer das Multi-Kulti-Fass zum Überlaufen.

Es gab im nächtlichen Dienstplan nicht viele Momente, in denen sie sich Zeit für einen kurzen Plausch abzweigen konnte. Fischer war froh, dass sie es wenigstens jede Stunde für zwei, drei Minuten schaffte, denn er konnte nicht schlafen.

Meist verbrachte er viel Zeit allein in dem offenen Aufenthaltsraum und beobachtete den Gang, der zu der glasverkleideten Schwesternstation führte – zur »Kommandobrücke«.

Er hätte natürlich den Fernseher in seinem Krankenzimmer als nächtlichen Überlebenshelfer nutzen können, aber er wollte sich keinen vor- und fremd-produzierten Gedanken aussetzen. Seine eigenen waren zwar nicht origineller, aber aktueller. Auch wenn sie sich teilweise um die Vergangenheit drehten.

Ja, sie drehten sich, kreisten um Geschehnisse aus früheren Zeiten, umrundeten Personen, die ihm wichtig gewesen waren, ließen sie wieder im Dunkel der Erinnerung zurück, beleuchteten andere Personen, verließen auch die wieder.

Dann begann alles wieder von vorne. Jetzt wurden die kurzen Begegnungen intensiver, denn nun ging es um ihn selbst, um seine Einstellung zu den jeweiligen Personen. Namen flammten auf: Rosie, Edgar, Alfons, Susanne, Sylvia, Annrose, Gerhild ... immer wieder Gerhild ... und ganz neu in seinen Gedanken: Gisela.

Alle anderen kamen schon verstärkt vor, seit er von seiner Krankheit wusste. Gisela war erst seit heute dabei. Ein Stück Nostalgie. Eine Person, der er nie wirklich nahe gewesen war, die aber am Anfang eines Weges für ihn und auch für Gerhild gestanden hatte, dessen Ende erst jetzt abzusehen war.

Fischer winkte Hedi zu, die gerade die »Kommandobrücke« verließ und in einen der Nebengänge verschwand. Ein rotes Licht war aufgeflammt, ein Patient benötigte Hilfe. Hedi winkte nicht zurück, denn sie war auf ihre neue Aufgabe konzentriert und hatte nicht in Richtung des Aufenthaltsraumes gesehen.

Fischer sah unvermittelt den Mord an Gisela vor sich. Das blonde Haar, das rote Kleid, die rudernden Arme, der verzweifelte, angestrengte Gesichtsausdruck, das unwürdig platschende Geräusch beim Sturz, das Messer im Rücken. Heiner Rodalkes Geschrei: »Er, er war es. Es ist sein Messer. Nimm ihn fest, Lui!«

Ihm war seinerzeit gar nicht gleich klar gewesen, warum Heiner ausgerechnet ihn aufforderte, Engel zu verhaften. Seine Uniform! Er war verantwortlich. Er vertrat das Gesetz. Er, Ludwig (Lui) Fischer war die Polizei.

Hätte Heiner einen anderen zum Vollstrecker seiner Wünsche erkoren, wenn Fischer an diesem Tag nicht seinem Stolz gefrönt hätte? Er wollte den Leuten seines Heimatortes unbedingt vorführen, wie weit er es gebracht hatte. Also trug er die grüne Uniform der rheinland-pfälzischen Schutzpolizei.

Komisch, er kniete bei Gisela, war gerade dabei zu erfassen, was da, beinahe vor seinen Augen, geschehen war, und musste sich erst durch Heiners Rufe in seine Polizistenwirklichkeit zurückrufen lassen.

Heiner Rodalke und Peter Dellworm standen nebeneinander. Nur einen Meter vor ihnen entfernt verharrte der *Hofnarr des Satans*, der Mann, den Fischer an diesem Abend zum ersten Mal gesehen hatte. Er stand so still wie zu Beginn seines Programms auf der Bühne. Er sah unwirklich aus, mit der todblassen Gesichtsschminke ohne Clownsnase und der privaten schwarzen Lederjacke.

Rodalke fiel nicht auf die Knie. Weder versuchte er festzustellen, ob Gisela noch lebte, noch fand er Worte der Trauer – das war Fischer erst rückblickend aufgefallen. Rodalke stürzte sich gleich auf den mutmaßlichen Mörder. Jedenfalls behauptete Rodalke, dass der Clown seine Schwester ermordet habe. Er würde es noch lange behaupten. Auch dann noch, als er selbst für kurze Zeit zum Verdächtigen Nummer eins wurde. Oder als Peter Dellworm ihn auf der Hitliste der hessischen Polizei ablöste.

»Verhafte diesen Mann! Ludwig!« Rodalke schien zu glauben, dass es dringlicher klang, wenn er nicht Fischers Kosenamen benutzte.

Fischer hatte den Tod Gisela Rodalkes festgestellt, erhob sich und musste ihren Bruder festhalten, der sich nicht nur verbal, sondern tatsächlich auf den *Hofnarren* stürzen wollte.

Aus den Augenwinkeln sah er dabei, dass der Mann in der schwarzen Lederjacke sich nicht im Geringsten bewegte. Als habe er vorausgesehen, dass er sich nicht selbst würde verteidigen müssen.

Fischer musste den Polizeigriff anwenden. Er drehte Rodalkes Arm auf den Rücken. Der krümmte sich. Fing an, mit puterrotem Kopf zu schreien: »Du Idiot. Nicht mich, nicht mich ... Herrgott, ihn musst du festnehmen. Er war es. Er ist der Mörder!«

Fischer fing Dellworms Blick auf, während er Rodalke festhielt. Der Architekt sah nur völlig perplex drein. Er schien sich keineswegs darüber im Klaren zu sein, dass der Clown der Mörder war.

Der Beschuldigte selbst schwieg. Rodalke wand sich in Fischers Klammergriff wie ein Kind in wahnsinniger Wut, wenn es Ungerechtigkeit empfindet.

»Nimm ihn fest. Er ist ein Mörder!«

Auch an diese Formulierung hatte sich Fischer später noch einmal erinnert. »Nimm ihn fest. Er ist ein Mörder!« Nicht etwa: »Nimm ihn fest. Er hat meine Schwester ermordet.« Oder: »Er hat Gisela ermordet.« Die emotionslose Wortwahl Rodalkes stand im Gegensatz zu seinem Verhalten: Er tobte in Fischers Armen wie ein Verrückter aus dem Film »Einer flog über das Kuckucksnest«.

Inzwischen stand ein Halbkreis neugieriger Festplatzbesucher um sie herum. Auch die Kollegen von der Wasserschutzpolizei waren schon da. Fischer wusste, dass man 14 von ihnen der beim Fischerfest zuständigen Schutzpolizei zugeteilt hatte.

Als Rodalke einen von ihnen erkannte, brüllte er: »Herr Bussar, verhaften Sie den Clown. Er ist der Mörder.«

Fischer informierte den Kollegen knapp. Der teilte die anderen Beamten ein, die Stelle vor dem Zelt großflächiger abzusperren. Gleichzeitig erschienen auch Beamte der zuständigen Schutzpolizei. Fischer bekam mit, wie die Kripo in Rüsselsheim informiert wurde.

Während der gesamte Polizeiapparat anlief, wurde Rodalke in Fischers hartem Griff immer leiser. Das musste aber nicht bedeuten, dass etwa sein Zorn nachgelassen hatte. Wahrscheinlich versagte ihm nur die Stimme nach der ungewohnten Beanspruchung. Seine Augen blickten jedenfalls weiterhin wild zwischen dem starren Clown und dem Wasserschutzpolizisten hin und her.

Fischer wusste nicht, ob er den Mann loslassen durfte. In diesem Augenblick zupfte ihn Gerhild am Arm. Er sah sie kurz an. Ihr Gesicht strömte eine Ruhe aus, die er nicht erwartet hätte. Weder von ihr noch von jemand anderem hier, angesichts des gewaltsamen Todes.

Dann sprach Gerhild. Aber nicht etwa zu ihm, sondern zu Rodalke: »Kommen Sie, Herr Rodalke. Ganz ruhig.«

Das waren keine sonderlich originellen Worte, aber der Ton, in dem Gerhild sie sagte, brachte Rodalke dazu, sie sofort anzusehen.

Fischer lockerte unbewusst seinen Griff. Gerhild legte einen Arm um Rodalkes Schulter. Der schluchzte auf. Wieder wirkte er wie ein Kind.

Und Gerhild zog ihn einfach aus Fischers Zugriff und legte nun beide Arme um ihn. Er war kleiner als sie. Lag in ihren Armen und heulte.

Gerhild wiegte ihn leicht hin und her und tat das, was Mütter tun, wenn sie ihr Kind beruhigen wollen. Sie brachte dieses vertraute Zischen hervor, nichts weiter als: »Schschsch, schsch, sch!«

Es krachte. Nicht in Fischers Erinnerung, sondern hier im Krankenhaus. Das Geräusch kam aus einem Zimmer an der linken Seite.

Fischer tauchte aus den Tiefen seiner Gedanken zu rasch auf, wie ein Taucher, der die Sicherheitszeit nicht einhält. Es wurde ihm körperlich übel dabei.

Wie war das? Schwester Hedi war bei einem Patienten. Bekam die mit, wenn sie von einem weiteren ihrer Schutzbefohlenen gebraucht wurde? Wie denn, es hatte ja keiner geklingelt, es hatte gekracht.

Fischer fixierte die Türen auf der linken Seite, auf der auch sein Zimmer lag, ein paar Sekunden lang, hoffte, dass Schwester Hedis Multi-Kulti-Körper schwungvoll in den Gang einschwenkte, seufzte und erhob sich dann aus seinem Stuhl. Im rostbraunen Bademantel marschierte er los. Nur, woher war der Bums gekommen? Er schätzte, dass es die Acht war, ein Zimmer neben seinem, in Richtung der »Kommandobrücke«. Er ging hin, zögerte nur einen Atemzug lang und drückte die Klinke.

Er hatte recht.

Im Raum standen zwei Betten. Ein Fernseher lief tonlos. Ein alter Mann schlief auf der Fensterseite. Nahe der Tür, vor dem ersten Bett, lag ein massiger Mann wie ein gestrandeter Wal auf dem Rücken und versuchte, sein linkes Bein von der Matratze hinunterzuziehen, was ihm nicht gelang, obwohl es nirgends verhakt war.

»Helfe«, sagte der Wal.

Fischer bückte sich und versuchte, unter den Armen des Hilfsbedürftigen einen Punkt zu finden, der schweißfrei war, um ihn besser fassen zu können. Er glitschte ab.

»Toilette, Klo!«

Fischer hoffte, dass er die Wörter »dringend« und »zu spät« nicht auch noch hören musste.

Er erhob sich rasch und drückte die Klingel über dem Bett. Hoffentlich war Hedi inzwischen bereit zu neuen Taten.

Fischer ärgerte sich über den Mann in dem zweiten Bett. Der schlief, als ginge ihn das hier alles gar nichts an. Wieso hatte er den Krach nicht gehört, wieso versuchte er nicht, diese Dampfwalze auf die Füße zu kriegen?

Er versuchte es noch einmal. Erst dann kam er auf die Idee, das Bein des Mannes vom Matratzenrand auf den Fußboden zu legen. Es war auch nass, aber es klappte dennoch.

»Danke, jetzt Klo, bittä!«

»Was ich kann, ich tue«, sagte Fischer und imitierte dabei den Slang des dicken Mannes, wobei er nicht einmal genau wusste, welche mutmaßlich osteuropäische Sprache diesem zugrunde lag.

Fischers nicht immer geschmackssicherer Humor war ihm schon in der Vergangenheit öfter zugute gekommen. Er half ihm, unangenehme Situationen etwas abzumildern. Das klappte bei aufgebrachten Mordsgesellen mit allerlei Tötungsgerät und ebensolchen Absichten nicht immer. Für ihn aber war der Humor ein zuverlässiger, wenn auch nicht immer wirkungsvoller Freund.

Der Fettleibige bemühte sich nun selbst hochzukommen. Er griff mit der Linken zur Matratze.

Recht so, dachte Fischer: Fördern und Fordern. Er griff zum anderen Arm und gemeinsam unternahmen sie einen Versuch, die geschätzten zweihundert Kilo hochzubekommen. Dabei verrutschte die Schlafanzughose. Sie glitt über die rechte Pobacke hinunter bis kurz vor die Kniebeuge.

Der Verband saß auf der Außenseite des rechten Oberschenkels. Exakt da würde nächste Woche auch bei ihm ein solcher Verband prangen. Wenn er Glück hatte.

Welch ein Zufall. Rechter Oberschenkel, außen. Wie bei ihm. »Schwarzer Hautkrebs?«, fragte Fischer und griff fester zu. Er wollte diesem osteuropäischen Leidensgenossen helfen. Jetzt wirklich, nicht nur aus Bürgerpflichtgefühl.

Der Mann nickte mühsam, während sie beide versuchten, ihn auf die Beine zu bringen. »Malignes Melanom, du auch?«

»Ja, ich werde wahrscheinlich am Montag operiert.«

»Tut nicht so wäh.«

»Nein?«

»Nicht so schlimm. Kannst gehen hops, aber nicht tut wäh.«

In diesem Augenblick stürmte Hedi den Raum und eine Minute später saß der Mann auf der Toilette. Durch die geschlossene Toilettentür rief er: »Hast du viel Glick am Montag, ich dir winsche.«

Hedi klärte Fischer beim Hinausgehen darüber auf, dass der Mann bulgarischer Abstammung sei, und erklärte ihm auch, warum sich der Mann in dem zweiten Bett nicht gerührt hatte. »Er ist taub. So, ich glaube, jetzt habe ich zwei Minuten Zeit zum Plaudern.«

Fischer freute sich darauf, sie waren beide schon auf dem Weg zum Aufenthaltsraum, aber plötzlich meldete sich sein Handy in der Tasche des Morgenmantels. Hedi lächelte verständnisvoll. »Ihre Frau will noch mal ihre Stimme hören. Ich bin vorn auf meinem Platz.« Damit drehte sie sich um und ging.

Es war nicht Gerhild. Es war Edgar. Sein Neffe Edgar aus Alzey, dessen stiller Teilhaber an der Werbeagentur Fischer immer noch war. Edgar, dem er viel zu verdanken hatte, dem er fast alles anvertrauen konnte. Fast alles. Ihn hatte er am wenigsten erwartet. »Hallo Onkel«, sagte Edgar, und Fischer war froh, denn wenn Edgar ihn so anredete, war keiner krank und es gab keinen Familienzwist oder sonst etwas Unangenehmes. Wenn's ernst wurde, sagte er Lui oder sogar Ludwig. »Du meldest dich ja gar nicht mehr auf deinem langen Weg in den hohen Norden. Und weil mich auch Susanne, mein liebend Weib, nach der Spätausgabe der Tagesschau gelöchert hat, rufe ich dich halt mal an. Du bist ja sicher immer noch der alte Nachtmensch.« Fischer war auf der Hut. Nichts vom Krankenhaus. Mannheim konnte er zugeben. »He, Neffe, wir haben uns vorgestern gesehen. Das ist nicht so lange her. Ihr seid ja schon wie Rosi. Die sagt immer, man sei eine treulose Tomate, wenn man länger als drei Minuten den Raum verlässt.«

»Apropos Rosi. Das ist der zweite Grund meines Anrufs. Die macht sich Sorgen um dich!«

21

Die Lichter der Stadt Worms sahen von der Hochheimer Höhe her besonders einladend aus. Alfons Koop stand neben seiner Maschine vor Rosis Büro, blickte an der Bergkirche vorbei und musste an seine vielen Besuche hier denken, als es noch Lui Fischers Büro gewesen war.

Besonders ihr erstes Zusammentreffen war bemerkenswert. Er hatte Lui verprügelt und das halbe Büro auseinandergenommen. Weil Lui für den Ehemann seiner damaligen Geliebten gearbeitet hatte. Dass aus diesem rüden Anfang eine solche Freundschaft werden würde, konnte keiner der Beteiligten voraussehen.

Koop hatte damals seine Angela tatsächlich wie gewünscht als Ehefrau bekommen, war aber inzwischen wieder geschieden.

Auf eine seltsame Weise schien sich das kleine Haus mit dem Detektivbüro als Zentrum in Alfons Koops Liebesleben zu etablieren.

Nun war er also schon wieder hier. Seine Leidenschaft war nicht so gewaltig wie seinerzeit, was aber daran liegen mochte, dass er allgemein etwas weniger draufgängerisch und cholerisch war als früher.

An dieser Wandlung hatte auch Fischer einen Anteil.

Koops Liebesleben war seit der Scheidung bis auf einige wenige

One-Night-Stands ereignislos verlaufen. Schon seit längerer Zeit rumorte es aber wieder in Kopf, Herz und Lenden. Er war geradezu begierig darauf, sich neu zu verlieben, und da kam ihm Luis Nachfolgerin gerade recht.

In diesem Augenblick aber war er allein. Im Büro war es dunkel. Seit einer Stunde. Nachdem er eine halbe Stunde gewartet hatte, war er nach Pfeddersheim gefahren – zu der Wohnung, die Rosi ebenfalls von Lui übernommen hatte.

Aber auch dort war sie nicht. Ihr Handy war ausgeschaltet und ihr Büroanschluss dudelte den Spruch herunter: »Mein Name ist Blum, Rosi Blum. Ich bin Ihnen gern behilflich bei privaten Ermittlungen jeder Art. Sie können mir Ihr Leben und das Ihrer Lieben anvertrauen, mein Bodyguard-Service ist umfassend. Im Augenblick bin ich gerade im Einsatz. Wenn Sie mir Ihren Namen, Ihre Telefonnummer und einen kleinen Tipp geben, um was es geht, melde ich mich umgehend zurück. Ich bin sehr schnell. Testen Sie mich.«

»Zu lang!«, hatte Lui gesagt, als er den Anrufbeantworter zum ersten Mal gehört hatte. »Da ärgert sich der Anrufer bei jedem Wort, für das er schließlich zahlt.«

Für Alfons Koop konnte der Spruch gar nicht lang genug sein. Rosis Stimme war sehr sexy. Das hatte sogar Gerhild zugegeben.

Aber was nützte ihm die heißeste Stimme, wenn die dazugehörige Frau nicht endlich auftauchte.

Er hätte sie vorher anrufen sollen. Noch von Mannheim aus. Quatsch – wenn das Handy da auch schon abgeschaltet gewesen wäre, hätte er sich trotzdem nicht davon abhalten lassen, hinzufahren. Dafür war die Gelegenheit viel zu günstig. Immerhin handelte er in Luis Auftrag, er war quasi dienstlich hier.

Aber was tat er, wenn sie weiterhin nicht kam? War es nicht Erfolg versprechender, sich vor ihrer Wohnung in Pfeddersheim einzurichten? Warum sollte sie in der Nacht noch einmal ins Büro kommen?

Koop beschloss, noch fünf Minuten zu warten, um es dann wieder in Pfeddersheim zu versuchen.

Da sah er die Lichter eines Autos. Es bog von der breiten Berggasse her in die schmale Obergasse ein.

Wenige Meter vor ihm stoppte der Wagen kurz, blendete ihn.

Aber er hatte trotzdem den weißen Opel Kadett identifiziert. Sie schien sich zu wundern, zu so später Stunde seine Harley zu sehen. Sie hatte ihn bisher nur gemeinsam mit Fischer getroffen, ohne die Maschine, von daher assoziierte sie nicht unbedingt zwingend das Fortbewegungsmittel mit seinem Benutzer. Obwohl sich Koop schon gewünscht hätte, nachhaltig von ihr registriert worden zu sein.

Es war trotz der Enge vor dem Haus möglich, den Kadett neben der Harley abzustellen. Rosi öffnete ihr Seitenfenster. »Sehe ich richtig ... Herr Koop?«

»Genau.«

»So spät, ist etwas passiert?« Sie schloss das Fenster und stieg aus. Sie kam auf ihn zu, Besorgnis im Gesicht.

»Halb so wild.«

»Halb so wild kann immer noch wild genug sein. Was führt Sie zu so später Stunde zu mir?« Sie schloss den Wagen ab und begab sich zur Haustür.

»Als ich weggefahren bin, war's noch nicht so spät. Ich warte schon seit einer Stunde.«

»Aber das werfen Sie mir nicht vor, oder?«

»Nee, Sie konnten ja nicht wissen ...«

»Eben.« Rosi schloss die Tür auf, schaltete die Innenbeleuchtung ein und ging vor ihrem späten Gast in ihr Büro. Sie wies auf den Besucherstuhl am Tisch.

»Ich habe nur Antialkoholisches. Darf's vielleicht \`ne Limo sein, oder Tee?«

»Geht Kaffee?«

»Klar, geht.«

Rosi warf die kleine Kaffeemaschine an.

Alfons hielt das Schweigen nicht aus, das beim Kaffeekochen entstand. »Lui schickt mich.«

»Ach, wäre Anrufen nicht billiger gewesen? Ihre Harley verbraucht doch sicher Etliches an Sprit.«

Das Stampfen und Röcheln der Kaffeemaschine bot einen fast obszönen Background für ihre Unterhaltung. »Das sind meine Kosten, nicht die von Lui.«

»Hm, Sie tun das also für Lui. Der benimmt sich am Telefon seltsam, und Sie schwingen sich aufs Feuerross, um für Ihren Freund gut Wetter zu machen, alle Achtung. Ich bleibe dabei, er hätte anrufen können.«

»Darüber spricht man direkt.«

Rosi kam mit zwei gefüllten Kaffeetassen an den Tisch.

»Gewiss, untereinander. Aber nicht über einen Dritten.«

»Sie waren nicht telefonisch zu erreichen. Seit mindestens eineinhalb Stunden.«

»Ich habe mein Handy ausgemacht, nachdem ich mit Edgar Zimmermann gesprochen hatte. Vor Wut, weil ich keinen mehr hören wollte heute Abend.«

Sie stellte die Tassen auf den Tisch.

Koop fuhr hoch: »Sie haben mit Edgar gesprochen? Warum?« Er war lauter, als er wollte.

Rosi funkelte ihn ärgerlich an. »Kommen Sie mal wieder runter. Ich hatte mich so über Luis ungewöhnliche Art am Telefon gewundert, dass ich jemanden sprechen wollte, der ihn besonders gut kennt.«

Koop überlegte schnell. Trotz Kaffee und Zweisamkeit war das hier für sie beide nicht der richtige Platz. Weder für Dienstliches noch für Privates.

»Entschuldigen Sie, Rosi, darf ich Sie Rosi nennen? Das, was ich zu sagen habe, dauert länger. Darf ich Sie ins ›Black&White‹ einladen? Wir fahren mit der Harley hin und ich bringe Sie wieder hierher zurück. Biker-Ehrenwort!«

Rosi lächelte: Harley Shuttle-Service. Hat man auch nicht jeden Tag. »Okay, den Kaffee trinken wir aber noch.«

Damit war alles geklärt!

22

Backfischfest – Samstag

Gerhild hatte in ihrem Hotelzimmer schlecht geschlafen. Sie war lange nicht mehr so unruhig gewesen. Lag das nur an Luis Zustand und der Tatsache, dass er nicht schon nach seiner Einweisung operiert werden konnte? Oder war es der plötzliche Blick in ihre Vergangenheit durch die neue Konfrontation mit Gisela Rodalkes Tod?

Gernsheim war vor allem anderen gewesen.

- Vor ihrem Eintritt in die Sekte.
- Vor der Verblendung.
- Vor Luis tollkühnem Rettungseinsatz, der ihn seinen Job bei der Polizei gekostet hatte.
- Vor seiner Zeit in Alzey als Kompagnon seines Neffen in der Werbebranche.
- Vor ihrem langjährigen Klinikaufenthalt bei Dr. Sannwald in Husum und der Entfremdung vom Leben außerhalb der Klinik, bis eine Ärztin kam, die sich um Integration psychisch Kranker kümmerte – und nicht um deren Ruhigstellung.

- Vor der langen Zeit, in der sie gar nicht mehr wusste, wer Lui war.
- Vor Luis Jahren als Privatdetektiv in Worms.
- Vor der neuen, ganz zarten Annäherung, zuerst über das Telefon, dann mit Besuchen Luis in der Klinik.
- Vor ihrem Auszug aus der Klinik und dem Einzug in die WG, die nur zur Hälfte aus ehemaligen Patienten bestand. Ein wenig kam fast der Teil des Sektengefühls wieder auf, den sie damals als angenehm familiär empfunden hatte. Doch inzwischen war die neue Bindung zu Lui immer stabiler geworden.
- Vor dem Entschluss, wieder mit Lui zusammenzusein und gemeinsam mit jungen Menschen ohne Sekten- oder Psychiatrie-Vergangenheit eine Schafzucht zu beginnen.
- Vor ihrer spontanen, heimlichen Hochzeit in Mainz mit Koop und Professor Lück.
- Vor der Diagnose Schwarzer Hautkrebs bei Lui.

Vor all dem gab es den Mord von Gernsheim, an den sie lange nicht gedacht hatte. Nun, sie hatte genug mit anderen Gedanken zu tun gehabt. Sie konnte sich ebenso wenig daran erinnern, dass sie Lui während ihrer neuen Annäherung jemals nach Fortschritten des Falles gefragt hätte, als dass er noch im Entferntesten interessiert daran gewesen wäre.

Zu viel war in der Zwischenzeit geschehen.

Schloss sich jetzt ein Kreis? Mit einem ungeklärten Mordfall aus der Vergangenheit?

Gerhild hatte Angst davor.

Sie hatte an diesem Morgen um viertel nach acht Professor Lück in seiner Privatwohnung angerufen und noch einmal gefragt, warum eine Wochenendoperation nicht möglich sei. Er hatte sie beruhigt. Es wäre alles ganz klar, es sei eindeutig ein dringender, aber kein Notfall. Er könne keine Wochenend-OP rechtfertigen und sie solle es als Glücksfall ansehen, dass er das nicht müsste. Er wies aber darauf hin, dass einige Anfangsuntersuchungen von den Kollegen am heutigen Vormittag durchaus vorgenommen würden, so dass er nicht umsonst das Wochenende in der Klinik verbringen würde.

Zum Abschluss des Gesprächs gönnte sich der Arzt, entgegen seiner sonstigen Seriosität, den Satz: »Wir kriegen Ihren Gatten noch rechtzeitig unters Messer, liebe Frau Fischer.« Sein begleitendes Lachen sollte erfrischend sein. Bei Lui wäre er damit wesentlich besser angekommen als bei Gerhild. Sie sagte nur »Tschüss!« und dachte sich ihren Teil. Das Wort »Messer« war im Augenblick denkbar schlecht besetzt.

Gerhild war später durch Mannheims Hauptcinkaufsmeile spaziert. Die vor Menschen wimmelnde Kurpfalzstraße und der Paradeplatz machten ihr Angst. Sie war keine Metropolen mehr gewöhnt. Die letzte größere Stadt, in der sie gewohnt hatte, war Mainz gewesen. Damals mit Lui.

Sie kaufte nur zwei kleine Gegenstände ein. Sie fand allerdings, dass sich ihr Ausflug in die feindliche Welt der Großstadt allein deshalb gelohnt hatte. Obwohl, war ihr Mitbringsel wirklich so passend, wie sie zunächst gedacht hatte?

Als sie in der Klinik erschien, war Lui gerade beim Mittagessen. Es gab Tafelspitz mit Meerrettich. Gerhild hatte gefrühstückt, das reichte ihr vorläufig. Sie setzte sich ihm gegenüber an den kleinen Tisch in seinem Zimmer und sah ihm schweigend beim Essen zu. Es gab Männer, die das wahnsinnig gemacht hätte, Lui kannte das schon aus der Zeit ihres ersten Zusammenlebens. Er mochte es. Gerhild stellte wieder einmal fest, dass sie überhaupt sehr gut miteinander schweigen konnten. Ohne den ständigen Zwang zum Reden.

Das übernahm aber jetzt ein anderer. Lui hatte noch die Gabel mit dem letzten Bissen am Mund, da klingelte sein Handy.

Koop war dran.

»Hallo Meister. Ich bin zu Hause in Lampertheim. Ich war gestern bei Rosi, die war erst nicht da, weder zu Hause noch im Büro, aber später kam sie dann doch noch ins Büro.

Stell dir vor, was los ist. Die Namen Dellworm und Rodalke sagen dir ja wohl was. Der Dellworm will Rosi engagieren, damit sie ein Auge auf den Rodalke wirft.

Der ist zwar fast blind, aber Dellworm hat Angst, dass er dem Horrorclown was antut, dem Engel. Der ist nämlich morgen in Gernsheim mit 'ner Fernsehcrew vom RLPN, und da soll auch was über den Mord gemacht werden, mit Engel.

Der Typ vom Fernsehen, Strauss heißt der, war auch schon bei Rosi und wollte sie als Bodyguard für den Engel engagieren. Also zwei Leute für die gleiche Sache. Aber jetzt kommt der Hammer: Das hat der Dellworm wahrscheinlich gar nicht gewusst, der Rodalke hat sich von dem Strauss kaufen lassen und macht bei dem Film sogar mit. Natürlich nicht gemeinsam mit Engel, das ist den Fernsehleuten doch zu gefährlich, bei den Drohungen, die der ständig ausstößt. Jedenfalls will Rosi den Auftrag der Fernsehleute annehmen, damit schirmt sie Engel dann sowieso von Rodalke ab. Und stell dir vor, sie nimmt mich mit, quasi als eigenen Bodyguard, oder, wenn du so willst, als deine Vertretung.

Übrigens haben die natürlich alle dich gewollt. Erst als klar war, dass du raus bist, haben sie mit Rosi vorliebgenommen. Ich würde ja gleich mit ihr vorliebnehmen ...«

Während er weitersprach, starrten sich Fischer und Gerhild an. Schon nach den ersten Sätzen hatte Fischer die Lautsprechvorrichtung eingeschaltet.

Gerhild formte mit dem Mund die Worte: »Ist das wirklich Alfons?«

Fischer nickte. Die Geschwulst ließ ihn wieder ein Ziehen fühlen. Es war so trügerisch. Über lange Stunden spürte er gar nichts, und dann machte sich der Krebs wieder bemerkbar. Nicht zum Aufschreien stark, aber er wies darauf hin: Mich gibt's noch. Egal, durch was du dich ablenkst.

»... Ich habe tatsächlich den ganzen Abend nicht geraucht. Also, bevor sie kam, vor dem Haus schon, aber später im Büro und im ›Black&White‹ nicht, da darf man aber sowieso nicht rauchen. Wo du bist, hab ich natürlich nicht verraten. Ich hab dich entschuldigt, du wärst halt etwas schlecht drauf gewesen. Du würdest sie heute anrufen. Einen schönen Gruß von ihr. Ich glaube, sie ist schon wieder ganz milde gestimmt. Sie hat sich nämlich mit Edgar unterhalten, und der hat ihr gesagt, dass du manchmal so bist.«

Jetzt unterbrach Fischer seinen Freund endlich. »Das Vergnügen mit Edgar hatte ich heute Nacht noch. Er hat vielleicht Rosi beruhigt, aber er hat sich von ihr anstecken lassen. Ich konnte ihn halbwegs ruhig stellen. Aber ...«

»Meister, du hörst ja nicht auf mich. Die ganze Geheimnistuerei ist doch für den Arsch, sorry. Sag der Rosi und dem Edgar Bescheid, und du musst dir kein dickes Herz mehr machen. Und ich muss auch keine Angst haben, mich zu verplappern. Jetzt, wo ich enger mit Rosi zu tun habe.«

Gerhild rollte jetzt amüsiert die Augen. Fischer machte eine bedauernde Geste und schaltete den Lautsprecher ab. Gerhild lächelte. Ihr gefiel, dass Lui die ganz privaten Äußerungen seines Freundes nicht der Öffentlichkeit preisgeben wollte. Und hier war ein einziges weiteres Ohrenpaar die Öffentlichkeit, auch wenn es ihres war.

»Wie eng?«, fragte Fischer.

»Nicht so eng. Ich gebe ihr Zeit, mich zu entdecken.«

»Wann ist der Dreh in Gernsheim? Und wo geht es los?«

»Hast du was zum Mitschreiben?«

Fischer holte Papier und Kugelschreiber aus seinem Nachtspind. Durch die Drehbewegung spürte er die Geschwulst deutlicher.

Er notierte alle Angaben und schärfte Alfons Koop noch einmal die Geheimhaltung ein, verabredete, dass er sich nach den Dreharbeiten in Gernsheim sofort melden sollte. Er grüßte ihn von Gerhild, und als er das Gespräch beendet hatte und das Handy auf den Nachttisch legte, fühlte er sich sehr matt. Das war neu.

Gerhild brachte sein Tablett hinaus, und als sie zurückkam, sagte sie: »Gestern habe ich ihm gesagt, er solle so weiterreden wie bisher, nämlich fast gar nicht. Jetzt plappert er wie ein Wasserfall. Ist das Rosi?«

»Ich denke schon. So war es auch früher, wenn er verliebt war. Ich bin nur gespannt, ob sie es weiß, und wenn, wie sie darauf reagiert.«

»Eigentlich schön«, sagte Gerhild, »zwei Leute, an denen dir liegt?«

»Dir nicht?«

Gerhild lächelte. Sie hatte diese Frage provoziert. »Mir auch. Besonders an Alfons. Bei Rosi weiß ich bis heute nicht, bis zu welchem Grad sie dich getröstet hat.«

Fischer dachte mehr an den Schmerz, der jetzt, verdammt noch mal, nicht mehr so schnell verschwand. Was sollte das? War es im Verlauf jemals so schlimm gewesen?

Er redete in Gedanken auf sich ein. Sicherlich, sogar manchmal noch schlimmer. Der Mensch vergisst Schlechtes aber so gern. Also ist der Schmerz von heute immer stärker als der von gestern.

Der von gestern war vergangen, der von heute würde auch vergehen. Außerdem war er an dem Ort, an dem ihm sofort geholfen werden konnte. Also, Fischer, reiß dich zusammen. Bemühe dich, dein Gesicht unter Kontrolle zu haben. Gerhild muss dir nicht unbedingt etwas anmerken.

»Lui, ist dir nicht gut?«

»Doch, doch, es zieht ein bisschen. Macht es öfter, das weißt du doch.«

Gerhild kam auf seinen Stuhl zu. Es hatte den Anschein, als wolle sie sich auf seine Knie setzen. Keine gute Idee, sie würde die Stelle berühren.

»Gerhild!« Er hatte keinen Kosenamen für sie. Hatte nie einen gehabt. Gerhild ist Kosename genug, sagte er immer.

Gerhild wollte sich aber gar nicht auf ihn setzen. Sie griff an ihm vorbei zu einer Stofftasche mit dem Aufdruck des Wasserturms. »Ich habe dir etwas mitgebracht«, sagte sie.

»Ein goldenes Operationsbesteck?«

»Nein.« Ihr Lächeln war ein wenig resigniert. Diese Scherze machte er, wenn es ihm schlecht ging, er aber gleichzeitig deutlich machen wollte, dass das nur ihn selbst etwas anging.

Sie griff in die Tasche und fasste nach den beiden Flaschen Bier, die sie erstanden hatte. Fischer trank Bier lieber als etwas anderes, und man hatte es ihm nicht verboten. Noch konnte er die Flaschen nicht sehen. Er hörte sie nur klimpern.

Gerhild baute sich auf wie eine Marktschreierin, sprach aber dann leise, mit dem Singsang einer Werbetante: »Es ist ein Wochenende. Kein ganz normales, aber ein Wochenende im Spätsommer. Und was trinkt der deutsche Mann an einem Spätsommerwochenende?«

Das Ziehen ließ nach. Zufall, dass es gerade jetzt nachließ, aber es war so. »Bier!«, sagte er, »vorzugsweise Eichbaum, und das am liebsten aus der Dose.«

Gerhild überhörte in der Euphorie des Beschenkens den Unterschied zwischen Fischers Wunsch und ihrem Mitbringsel. »Und weil die deutsche Frau gern mit ihrem deutschen Mann mittrinken möchte, hat sie für beide etwas zum Trinken besorgt.« Gerhild tat so, als würde sie ihre Beute gleich ganz aus der Tasche ziehen wollen, verschaffte sich aber noch eine künstliche Spannungspause.

»Du kriegst sie nur, wenn du deinen Spruch aufsagst.« »Welchen Spruch, um Himmels willen?« »Deinen Bierspruch.« Fischer seufzte. Das, was er jetzt sagte, hatte für ihn selbst den längsten Bart in der Geschichte seiner bartreichen Sprüche. Aber Gerhild liebte den Satz nun einmal. Also sagte er ihn brav auf. Für ein Bier tat er fast alles. Er war sich nicht sicher, ob sie eine seiner Stammmarken erwischt hatte, denn er hatte sich, auch früher schon, seine Getränke immer selbst gekauft, aber dass er am liebsten aus der Dose trank, würde sie ja noch wissen.

Gerhild half ihm auf die Sprünge und sah ihn dabei beinahe verführerisch an: »Was hast du geantwortet, wenn dich einer aus einem Weinbaugebiet am Rhein gefragt hat, wieso du Bier trinkst und keinen Wein?«

Fischer lächelte. Schon die Tatsache, dass der Schmerz fast weg war, stimmte ihn so milde, dass er Gerhilds Wunsch nachkam. Außerdem war da die Vorfreude auf ein richtiges Bier. »Ich habe gesagt«, begann er, »ich bin auf der anderen Rheinseite groß geworden. Und das Fenster meines Kinderzimmers lag zur Odenwaldseite, so dass ich die Weinberge nicht sehen konnte.« Er streckte eine Hand aus.

Gerhild ließ die Stofftasche fallen und hielt jetzt beide Flaschen mit dem Etikett in Luis Richtung. Schon beim Einkauf war sie nicht ganz sicher gewesen, ob sie das Richtige erstanden hatte. Das Gesicht ihres Mannes zeigte ihr nun deutlich, dass es das Falsche war. Sie zweifelte jetzt selbst an ihrem Feingefühl.

Wie konnte sie ausgerechnet jetzt Schöfferhofer Weizen-Bier kaufen? Es wurde zwar nicht in Gernsheim gebraut und bezog sich auf den Mainzer Schöfferhof, der aber wiederum dem Mitstreiter Gutenbergs, Peter Schöffer, gehört hatte, welcher aus Gernsheim stammte und dessen Denkmal dort stand.

Normalerweise müsste man damit einem in Gernsheim gebürtigen Biertrinker eine Freude machen können, aber unter den heutigen Umständen war das tatsächlich das denkbar schlechteste Mitbringsel.

»Entschuldige«, sagte Gerhild, »ich wollte dir eine Freude machen, aber der Zeitpunkt ist vielleicht nicht so günstig.«

Fischers Schmerz kam zurück. »Der Zeitpunkt ist es nicht. Aber ich trinke kein Weizen. Und aus der Flasche schon gar nicht.«

23

Als Heiner Rodalke von einem Fahrer des Senders RLPN nach Gernsheim gebracht wurde, zog sich Engel, auf Geheiß von Strauss, in einen Wohnwagen zurück. Rosi blieb bei ihm. Koop stand vor der halb geöffneten Tür und behielt den Platz im Auge. Er hatte die Arme verschränkt und gönnte sich tatsächlich keinen Blick auf Rosi und ihren Schutzbefohlenen.

Rosi saß schweigend neben Engel. Sie hatte in den letzten Stunden viel über seine Ausstrahlungskraft gehört, über seine beinahe übernatürliche Präsenz, aber sie schien keine Antenne für ihn zu besitzen.

Sie war immun. Das schienen auch andere zu merken. Alfons zum Beispiel, Luis Freund. Dass er in sie verknallt war, ahnte sie schon früher, bei den wenigen Treffen mit Lui und ihm, aber seit gestern war es ihr klar.

Süßer Knabe! Kräftig! Guter Motorradfahrer. Mehr wohl nicht. Aber es war noch zu früh, ernsthaft über ihn nachzudenken. Interessant war nur, dass er zwar eifersüchtig reagierte auf alles, was Strauss zu ihr sagte, aber vollkommen cool blieb, wenn sie mit Engel sprach, oder, wie jetzt, nahe bei ihm saß.

Es schmeichelte ihr zwar nicht gerade, dass Alfons den Fernsehmann für einen Rivalen hielt, denn den hatte sie sich nach kurzen Irritationen vom Vorabend rasch abgeschminkt.

Aber dass weder sie selbst noch Alfons den düsteren Clown für einen Mann hielten, der einer Frau gefährlich werden könnte, verwunderte sie, nach allem, was sie über ihn gehört hatte.

Er saß ganz ruhig neben ihr. Angst vor dem fast blinden Mann, der draußen auf das Interview vorbereitet wurde, hatte er wohl keine.

»Kannten Sie Herrn Rodalke vorher?«, fragte Rosi, »Vor dem Mord an seiner Schwester?«

Engel sah geradeaus durch das Wohnwagenfenster auf den Platz. Er würde erst drankommen, wenn man Rodalke mit der Fähre wieder auf die rheinhessische Seite gebracht hatte.

Er ließ sich Zeit mit der Antwort. »Nein«, sagte er schließlich, »seine Schwester auch nicht.«

»Aber es hieß doch ...«

»Ich habe, wie sagt man heute, Sex mit ihr gehabt. Im Zelt, während des Feuerwerks. Zum ersten Mal gesehen habe ich sie nachmittags vor der Vorstellung. Da haben wir uns verabredet. Davor habe ich sie nie gesehen.«

Es klang nicht, wie es meistens klingt, wenn ein Mann mit seinen Abenteuern prahlen will. Es klang nüchtern. So konnte man auch den Umgang mit einer Wasserwaage erklären.

»Es war Ihr Messer, oder?«

»Ja, ich hatte es kurz zuvor aus meiner Jacke verloren.«

»Und dann kamen Rodalke und Dellworm. Rodalke schrie seine Schwester an. Kann er das Messer genommen haben?«

»Natürlich kann er, ich habe ab da nichts Genaues mehr mitbekommen. Es ging alles viel zu schnell. Ich weiß nur, dass das Messer zwischen ihren Schulterblättern steckte und dass es meins war. Der spätere Zeuge hat uns alle drei entlastet. Rodalke, Dellworm und mich.«

»Welches Motiv hätten Sie gehabt, in den Augen der Polizei?«

Engel sah sie an. Undurchdringlich. »Ein frustrierendes Sexualerlebnis.«

»Und deswegen sollen Sie die Frau umgebracht haben?«

»Wenig, nicht wahr? Rodalke macht es sich noch leichter. Für den brauchte ich gar kein Motiv. Ich bin das pure Verderben. Ich morde aus reiner Lust.«

»Und, stimmt es?«

»Haben Sie schon mal eines meiner Programme gesehen?«

»Nein, aber das war eine Gegenfrage, keine Antwort.«

»Hätten Sie es gesehen, wüssten Sie die Antwort. Ich lebe meine dunkle Seite auf der Bühne aus. Alles, was an Mordlust in mir ist, entlädt sich vor Publikum. Und ich bekomme auch noch Geld dafür. Ich lasse mich von meinen Psychiatern bezahlen, gewissermaßen.«

Rosi verfolgte durch das Fenster die Vorbereitungen auf dem Platz. Zwei Scheinwerfer waren so aufgebaut, dass sie von zwei Seiten die bewusste Stelle zusätzlich beleuchten konnten. Zwei Kameras mit einem Mann und einer Frau standen bereit. Große Abdeckplanen lagen bereit. Ein paar dunkle Wolken waren aufgekommen, so dass dies als Maßnahme nötig wurde.

Der Wasserschutzpolizist von gestern war wieder dabei, unterhielt sich mit Rodalke. Ein Schutzpolizist tauchte auf, sprach mit Strauss.

»Glauben Sie, dass ich auch eine dunkle Seite habe?«, fragte Rosi. Sie wollte ihn ablenken, ihn in Sicherheit wiegen. Er sah wieder starr geradeaus. »Wenn Sie keine hätten, wären Sie fehl am Platz«, sagte er. »Nur wenn Sie wissen, wie das Böse tickt, können Sie seine Uhr stellen.«

Rosi antwortete nicht gleich, das klang ihr zu sehr nach dem Spruch des Tages vom Abreißkalender des Polizeireviers in Quakenbrück.

Nein, dieser Mann beeindruckte sie nicht. Sie konzentrierte sich wieder auf den Platz. Man hatte eine Art Campingstuhl aufgestellt, der zum damaligen Tatort hin ausgerichtet war.

Dahinter sah sie ein paar Zaungäste, die weit genug entfernt waren, um die Dreharbeiten nicht zu stören. Koop steckte den Kopf in den Wohnwagen. »Rechts vom Wagen ist einer. Sieht nicht so aus, als würde er zur Stadt oder zu den Bullen gehören.«

»Wer ist das?« Engel klang heiser.

»Hab seinen Geburtsschein nicht gesehen«, knurrte Alfons.

»Eher jung?«

»Nee!«

»Also eher alt?«

»Sehr alt. Grufti, Komposti, die Kante.«

Engel stand halb auf. Zu voller Größe vermochte er sich in dem Wohnwagen nicht aufzurichten. »Darf ich mal?« Er zwängte sich an Rosi vorbei zur Tür und streckte seinen Kopf hinaus. Blickte an Koop vorbei nach links.

Rosi sah ihn nun zum ersten Mal von hinten. Hoch gewachsen, schlank, beweglich. Ein etwas flacher Hintern, aber sonst gute Proportionen.

Er zog den Kopf wieder ein, kam zurück, zwängte sich an Rosi vorbei und setzte sich wieder. Er roch sehr dezent nach einem Aftershave. Rosi kannte es nicht, aber wahrscheinlich hieß es »Magie«, oder so.

Eine vielseitige Stimme besaß er auch, von warmem Timbre bis zu schneidender Kälte war alles da, wie man ihr erzählt hatte. Die wenigen stimmlichen Kostproben bisher hatten das bestätigt. Es war mit ihm auf eine allerdings gänzlich andere Art das Gleiche wie mit Kenneth Strauss. Beide müssten ihr aus unterschiedlichen Gründen gefallen. Aber das war nicht der Fall.

Bei Strauss wunderte sie sich nicht mehr, nachdem sie gesehen hatte, wie er mit seinem Team umging und wie er sehr plump mit ihr zu flirten versuchte. Er gehörte zum Typus Mann, der nicht begreifen würde, wenn man ihn mit seiner eigenen Plumpheit beim Anbaggern konfrontierte.

Bei Engel war das anders. Alles sprach dafür, ihre Saiten zum Klingen zu bringen, aber es blieb ein berufliches, klinisches Interesse, das in der Frage gipfelte: Kann er den Mord doch begangen haben?

»Der Mann da draußen«, fragte sie nach einer Weile, »war er alt?«

Engel sah wieder geradeaus. »Ja, war er.«

Das Interview mit Rodalke war in vollem Gange. Ab und zu ruckte sein Kopf Richtung Wohnwagen. Einmal zeigte er auch mit dem Finger zum Wagen.

Man konnte die Stimme Rodalkes zwar hören, aber nicht verstehen, was er sagte. Rosi würde später Alfons fragen. Der hörte von seiner Position aus mehr.

Engel reagierte nicht auf Rodalke. Aber er schielte immer öfter nach links zur Tür, als erwartete er, neben Koops Schulter jemanden auftauchen zu sehen.

»War das der, den Sie erwartet haben?«

»Ich habe niemanden erwartet.«

»Herr Engel« – Rosi sah ihn von der Seite so lange an, bis er ihren Blick erwiderte. Sie wurde dienstlich: »Ich bin für Sie zuständig. Für Ihr Leib und Leben, wie es so schön heißt. Ich verdiene mir einen halben Mallorca-Urlaub durch Sie – und das ist klasse. Wenn Sie aber plötzlich tot sein sollten, verliere ich nicht nur die Kohle, sondern auch meine Lizenz als Privatdetektivin.«

Engels Augen hatten die Schwärze, die man bei ihm erwarten konnte. Er hatte die Stunden über, in denen sie jetzt zusammen waren, immer kühl und unangreifbar gewirkt, erst jetzt, als er sich nach einem alten Mann erkundigte, zeigte er Risse im Panzer. Da hinein wollte Rosi stochern.

»Frau Blum«, er sah sie unverwandt an, »mir wird nichts passieren, wenn Sie diese arme Kreatur dort im Auge behalten. Der sieht zwar nichts mehr, aber dafür empfindet er umso mehr Hass. Er hat mich schon seinerzeit als Hassobjekt Nummer eins auserkoren – und daran hat sich bis heute nichts geändert. Solange Sie mir den vom Halse halten, müssen Sie sich um Ihren Mallorca-Urlaub keine Gedanken machen.«

»Wer ist der alte Mann?«

»Es war ein Irrtum. Ich dachte, ich kenne ihn von früher.«

»Sie wirken angespannt.«

»Man hat mit mir ein Interview gemacht, jetzt warte ich, bis das Interview mit einem Mann beendet ist, der mich am liebsten köpfen würde. Liebe Frau Blum, ich habe das Recht, angespannt zu sein.«

Er sagte das so wirkungsvoll, sonor, dennoch leise. Sein Blick war fast hypnotisch.

Rosi zweifelte an sich selbst. ›Warum imponiert dir das nicht, Rosi? Im Kino wirst du wahnsinnig, wenn solche Typen den Mund aufmachen.‹

Rosi sagte nur: »Okay!« Nach einigen Sekunden wandte Engel wieder den Kopf nach vorne.

Rosi stand auf. »Sorry, muss mal für kleine Mädchen.« In einem zweiten Wagen von RLPN befand sich ein Chemieklo. Rosi stieg aus dem Wohnwagen. »Alfons, passen Sie ein bisschen zusätzlich auf unseren Clown auf?«

»Alles, was Sie wollen, Prinzessin.« Dann sagte er flüsternd. »Der Alte ist da hinten im Gebüsch verschwunden. In der Nähe vom Klowagen.«

Rosi sagte laut: »Gaanz dringend. Bis gleich.«

Damit rannte sie zu dem Wohnwagen mit der Toilette.

Unterwegs hörte sie Rodalkes Stimme: »Vorverurteilungen darf es nicht geben. Ich bin der Letzte, der nicht alles unternimmt, um einem Mann die Chance zu geben, seine Unschuld zu beweisen. Aber wenn einer so in der Öffentlichkeit steht und in der Lage ist, Menschen mit der Kraft seiner Stimme zu manipulieren ...«

Sie verschwand schließlich im Toilettenwagen. Nach zwei Minuten kam sie wieder heraus. Drüben, weit hinter dem Wagen, in dem Engel saß, kauerte eine Gestalt. Rosi sah keine Möglichkeit, sich anzuschleichen. Also ging sie kerzengerade auf die Gestalt zu. Es war ein verknitterter, alter Mann, was sich auf seine Kleidung genauso bezog wie auf sein Gesicht. Es war grau. Seine Augen hatten etwas Fiebriges. Er sah Rosi, schien zu fühlen, dass es kein Entkommen gab, und stand auf.

»Warum machen Sie unserem Horrorkasper so viel Angst?«, fragte sie.

»Angst, das tut mir leid«, wisperte der Mann. »Wieso hat er Angst vor mir? Ich bin ein Fan. Wirklich, ein absoluter Bewunderer. Ich kenne ihn von früher. Ich war auch dabei, als die schöne Frau ermordet wurde.«

Rosi reichte ihm die Hand. »Mein Name ist Rosi Blum.« Er ergriff ihre Hand. »Können wir uns einen Moment unterhalten?«, fragte sie, »Herr ...«

Er drückte ihre Hand ohne viel Kraft. Aber da musste einmal mehr gewesen sein. »Leberecht, Dietmar Leberecht.«

Rosi kannte den Namen. Er war ihr erst kürzlich begegnet.

»Ich war 1997 hier. Mit meiner Geisterbahn, der ›Schwarzen Witwe‹. Die gibt's immer noch. Meine Jungs sind mit ihr auf dem Backfischfest. Ich habe damals in einem Haus übernachtet, in dem sich mehrere Schaustellerkollegen eingemietet hatten.«

Rosi fiel es ein. Heute Nacht erst war ihr der Name Leberecht begegnet. In den Unterlagen, die ihr Rodalke gegeben hatte. Dort wurde ein Dietmar Leberecht als Mitmieter von Wolfram Engel erwähnt.

»Ich habe mir ein Zimmer in der Schafstraße mit ihm geteilt. Er war immer sehr nett zu mir. Ich hatte immer schon Harnleitersteine, Nierensteine und später noch Gallensteine, und manchmal brauchte ich einen Notarzt. Wenn er das mitgekriegt hat, hat er immer geholfen. Arzt angerufen und so. Mal gestützt, wenn ich mit dem Laufen Probleme hatte. Wissen Sie, ich bin ein ziemliches Wrack, war schon immer eins. Früher hat mir zwar die Heidenarbeit mit dem Fahrgeschäft nichts ausgemacht, aber geschadet hat's meinen Knochen, und das falsche Essen und die Sauferei meinen Organen.«

Rosi legte ihm eine Hand auf den Unterarm. Manchmal halfen solche Gesten ungemein. »Sie sagten, Sie seien an jenem Abend dabei gewesen. Sie meinen, nicht nur in Gernsheim und nicht nur auf dem Fischerfest und auch nicht nur am oder im Zelt, Sie meinen, dass Sie den Mord direkt mitbekommen haben?«

»Ich war ganz nahe dabei, ja. Aber wenn Sie mich fragen, ob ich gesehen habe, wer der Mörder war, da muss ich passen. Aber Wolfram war's nicht.«

»Was haben Sie damals der Polizei gesagt?«

»Nichts!«

»Wie, nichts? Sie wurden doch verhört, wie alle, die dabei waren.«

»Lange nicht alle. Viele sind schnell verschwunden. Das war auch leicht. Es waren so viele. Ich habe noch gesehen, wie sie gefallen ist. Wie der grüne Polizist sich zu ihr gebeugt hat und wie der Mann dort«, er wies mit dem Kinn auf den immer noch in die Kamera schwadronierenden Rodalke, »verrückt gespielt hat. Dann bin ich ganz schnell weg zu meinen Jungs an der ›Witwe‹, und war später genauso überrascht wie alle anderen auf dem Fest.«

»Haben Sie keine Angst, heute davon zu erzählen?«

»Wenn mich ein Offizieller darauf anspricht, werde ich leugnen. Das interessiert heute ja doch keinen Menschen mehr. Und ich hab ja nur gesehen, dass es der Wolfram nicht war. Der hat sich nämlich in dem Eingang vom Zelt verheddert und sich gerade mit den Händen an der Plane festgehalten, da hab ich den Arm mit dem Messer gesehen, der das Mädchen getroffen hat. Ich schwöre es, ich habe nur den Arm gesehen. So was Ähnliches haben hinterher viele ausgesagt. Dazu brauchten die mich doch nicht.«

Das Interview schien beendet zu sein. Strauss unterhielt sich mit Rodalke. Der Fahrer, der seinen Passagier von vorhin wieder zurück nach Rheinland-Pfalz bringen würde, trat näher. Rosi fand, dass sie einen vielversprechenden Gesprächspartner erwischt hatte.

»Können Sie sich erklären, warum der Herr Engel so panisch auf Sie reagiert? Er hat vorhin ein ganz erschrockenes Gesicht gemacht, als er Sie vom Wohnwagen aus erspäht hat.«

»Das glaub ich wirklich nicht. Er weiß doch, dass ich hier bin. Wir haben uns auf dem Backfischfest schon gesehen und auch ein paar Worte miteinander gewechselt.«

»Noch mal zurück nach 1997.« Rosi ließ ihre Hand von seinem Unterarm auf die Schulter wandern. Ganz vertraut, wie bei alten Freunden, bei Großvater und Enkelin oder guten Arbeitskollegen. »Sie sind also gemeinsam zum Festplatz gegangen.«

»Ja, er zum Festzelt, zu seinem Auftritt, ich zu meinen Jungs.«

»Ich nehme an, Ihre Geisterbahn befand sich nicht in der unmittelbaren Nähe des Zeltes.«

»Richtig, das war mehr am Hafen.«

»Und später waren Sie aber am Festzelt, nicht wahr?«

»Ja! Das weiß er aber nicht!«

»Also, Herr Engel hat Sie nicht gesehen?«

»Das sollte er auch nicht. Er hat mir ja verboten, zuzusehen.«

Rosi musste sich bremsen, sonst hätte sie Leberechts Wangen getätschelt. »Zuzusehen? Wobei?«

»Na ja, wie er's ...«

Rosi hatte nicht die Absicht, ihm die Arbeit abzunehmen, sie wiederholte nur: »Wie er's ...

Leberecht schluckte. »Das war nicht das erste Mal. Ab und zu hat er eine abgeschleppt. Immer im Zelt. Meistens bei Schlussveranstaltungen. Wenn das Feuerwerk gekracht hat, dann hat es der feine Herr auch krachen lassen.«

Da war nichts mehr von der behaupteten Bewunderung in Leberechts faltigem Gesicht. Da war nur noch Neid.

»Hatten Sie schon einmal zugesehen?«

»Nein, aber ich hatte ihn mal gefragt, ob ich zusehen dürfte. An einem anderen Abend. Da hat er mich nur angesehen und gesagt: ›Wag es nicht.‹«

Rosi ließ ihn los. »Herr Leberecht. Sie wussten also, was Herr Engel vorhatte, Sie sind später zum Zelt gelaufen, konnten sich denken, an welcher Stelle Herr Engel seine Liebschaft empfangen würde und haben sich zum Spannen versteckt.«

»Spannen ist so ein schmutziges Wort.«

»Die Tat ist es auch, Herr Leberecht, aber ich bin nicht Ihr Richter. Sie haben die beiden also beobachtet.«

»Es ging nicht so lange, wie ich gedacht hatte. Sie waren recht schnell wieder fertig, haben dann miteinander geredet und sich wieder richtig angezogen – und dann ist die Frau gestolpert und Engels Messer ist rausgefallen, und die anderen beiden kamen und kurz darauf war sie tot. Ist noch rausgetaumelt und dann diesem Polizisten fast vor die Füße gefallen. Aber ich hab nicht gesehen, wer es war.«

Rosi glaubte, dass sie sich mit jeder weiteren Befragung im Kreise drehen würde. Deshalb brach sie ab. Ihre Beute war ohnehin reichhaltiger als erwartet. Sie fragte Leberecht nach seiner Wormser Hoteladresse und auch nach seiner Hauptadresse in Unna. Er gab ihr beides. Sie erwartete, dass er sie zum Abschied anflehen würde, Engel nichts von seiner Spannerei zu erzählen, aber da kam nichts. Er ging allerdings mit schnellem Schritt weg, noch bevor Engel seinen Auftritt hatte. Als Rosi zu Koop vor den Wohnwagen trat, sah sie gerade den Wagen mit Rodalke zur Fähre rollen.

»Herr Engel, warum fürchten Sie sich vor Herrn Leberecht? Er macht doch einen harmlosen Eindruck.« Das war das Erste, was Rosi zu Engel sagte, als sie wieder in den Wohnwagen kletterte. »Machen Sie sich übrigens keine Sorgen. Er ist jetzt weg.« Sie genoss es. Aber die leichten Anzeichen von Furcht, die sie glaubte gesehen zu haben, waren verschwunden.

»Hat er sich Ihnen offenbart?« Er zog eine Augenbraue hoch. »Seit wir uns beim Backfischfest wiedergetroffen haben, schleicht er mir nach und will beichten.«

»Beichten? Sie sind doch der *Hofnarr des Teufels*. Hab ich da was verpasst?«

Engel lächelte. »Er hat mich damals bespitzelt. Oder ordinär ausgedrückt: Er ist ein Spanner und hat Frau Rodalke und mich beim Sex beobachtet.«

»Macht Sie das nicht wütend?«

»Damals hätte es mich vielleicht in Rage versetzt, aber da habe ich es nicht gewusst. Er glaubt wahrscheinlich, sich vor seinem hoffentlich nahen Tod noch etwas von der Seele reden zu müssen. Armer, alter Narr.«

Plötzlich kam ein Funkeln in seine dunklen Augen. »Aber eins macht mich wirklich wütend: Er behauptet doch, hundertprozentig sicher gesehen zu haben, dass ich nicht zugestochen habe. Wenn er das der Polizei gleich an Ort und Stelle gesagt hätte, wäre mir der Stress erspart geblieben, als ich Hauptverdächtiger war.«

Strauss erschien neben Alfons Koop in der Tür. »Ich störe die Turteltäubchen nur ungern, aber jetzt sollten wir noch ein bisschen vor der Kamera arbeiten. Das Licht ist traumhaft.«

Alle gingen rüber zum Platz. Rosi dachte: ›Turteltäubchen. Von wegen.‹

24

Ein Gespräch unter Männern, die gemeinsam etwas Schwerwiegendes erlebt hatten. Fischer und Lück. Der Ex-Privatdetektiv und der amtierende Arzt.

Sie saßen an diesem Abend in Professor Lücks Büro und tranken gemeinsam den Inhalt einer Dose Becks-Export. Lück trank aus einem Zahnputzbecher, Fischer nahm die Dose.

Gerhild war lange nicht mehr dabei, denn sie hatte zwei Flaschen Schöfferhofer Weizen getrunken, was ihr zwar gut schmeckte, ihr aber nicht gut bekam. Nachdem sie an Fischers Einsichtsfähigkeit appelliert hatte, ein Weizenbier sei doch auch für einen Hardcore-Biertrinker wie ihn besser als gar kein Bier, musste sie sich etwas über Prinzipien anhören.

»Selbst, wenn du mir zu jedem Glas Weizen einen Kinogutschein schenkst, werde ich darauf verzichten.«

»Wenn du nur überall solche Prinzipien hättest«, sagte sie schon halb trunken und ließ sich Fischer zum ersten Mal seit der Heirat als Ehemann fühlen.

Nun, er hatte sie noch ein paar Mal wegen ihrer Initiative gelobt, überhaupt an Bier gedacht zu haben, dann hatte er sie zum Hotel gebracht und war in Professor Lücks Büro zurückgekehrt. Der hatte zwar verschiedene Akten aufzuarbeiten, aber mit dem zufällig entdeckten Bier in des Professors Spind ließ es sich wenigstens anstoßen.

Jetzt waren Dose und Zahnputzbecher leer – und die gefüllten Speicher der Erinnerungen wollten sich ebenfalls entleeren.

Lück begann mit dem Entrümpeln des Speichers, in dem das Ereignis lagerte, das ihn mit Fischer verband.

»Sie sind, wie ich durch diverse Untersuchungen weiß, nicht gerade durchtrainiert, Herr Fischer.«

»Im Augenblick nicht. Aber das Schafezüchten im hohen Norden wird meine körperliche Ertüchtigung stark vorantreiben. Auf natürlichem Wege.« Nach einer bedeutungsvollen Pause fügte er, etwas theatralisch, hinzu: »Wenn ich dazu noch Zeit haben sollte!«

»Herr Fischer, solche Sätze will ich nun wirklich nicht mehr von Ihnen hören. Wenn Sie sich selbst negativ beeinflussen, hat keiner bei Ihnen eine Chance – weder die Schul- noch die Alternativmedizin, und nicht mal ein indianischer Schamane. Wer so redet, wie Sie eben, will gar nicht überleben.«

»Aber Herr Professor ...«

»Lassen Sie den Professor weg. Wenn Sie nicht das beherzigen, was der Lück sagt, ist es auch dem Professor egal, wie Sie ihn nennen.«

Fischer verstand nicht gleich, was der Arzt meinte, er drückte sich manchmal etwas rätselhaft aus.

»Aber ich wollte auf etwas anderes raus«, fuhr Lück fort. »Ich wundere mich, dass ein Mann mit Ihrem Körper so etwas fertig bringt wie Sie damals bei der Hochzeit meiner Tochter in Worms.«

»Da hatte ich vier Kilo weniger und gerade einen neuen Karatekurs begonnen.«

»Ich habe Ihren Bauch gesehen, als Sie über den Tisch gesprungen sind. Ihr T-Shirt war verschoben. So viel toller als heute war das nicht.«

»Worauf wollen Sie hinaus?« Fischer wusste es nicht, er fürchtete nur, dass Lück mal wieder seine Dankbarkeit thematisieren wollte. Seine Natur und sein Beruf aber schienen es ihm zu verbieten, ihn einfach geradeaus zu loben. Er musste stets einen ärztlichen Rat und eine Ermahnung dazupacken.

Lück beugte sich nach vorn. »Vielleicht will ich nur wissen, wie man sich fühlt, wenn man einem anderen das Leben rettet.«

Fischer lachte auf. »Wenn Sie das nicht wissen ...«

»Was ich hier tue, ist mein Beruf.« Lück sah in Fischers Gesicht aufkeimenden Protest und schloss rasch die Bemerkung an: »Jetzt erzählen Sie mir bitte nicht, dass Privatdetektiv ja auch ein Beruf ist.«

Fischers Lachen war zu einem Grinsen geworden: »Doch, genau das wollte ich sagen.«

Lück wurde sehr ernst: »Aber dennoch gehört bei Ihnen die Lebensrettung ja wohl nicht zum täglichen Geschäft. Oder?«

Fischer konnte nicht mehr ins Witzige ausweichen. Er musste ihn ernst nehmen. Wen, wenn nicht seinen Arzt?!

»Ich ahne, was Sie meinen. Sie fasziniert das Abenteuer-Gen. Das ist in Ihren Augen etwas anderes als das, was Sie antreibt. Das Retter-Gen, das kennen Sie selbst, aber bei mir vermuten Sie etwas anderes. Wer weiß, vielleicht ist es in einigen Situationen meines Lebens wirklich so gewesen, dass ich, wie man sagt, ›über mich selbst hinausgewachsen‹ bin. Wie bei der Hochzeit Ihrer Tochter. Mit meinem Beruf hat das nicht so viel zu tun, wie Sie glauben. Gut, Sie hatten mich als Bodyguard engagiert, weil Sie ahnten, dass der Ex Ihrer Tochter Ärger machen könnte, insofern war mein Beruf für meine Anwesenheit durchaus ausschlaggebend, aber auf die Aktion in dieser Form war ich weder im Kopf noch im Körper vorbereitet.«

Während Fischer sich daran erinnerte, was sich in der beschaulichen alten Mühle bei Alzey abgespielt hatte, fielen ihm noch einige Situationen ein, in denen er Dinge getan hatte, die von Außenstehenden gern als Heldentaten wahrgenommen wurden.

Fischer selbst empfand das ganz anders.

Manchmal gab es Situationen, die sofortiges Handeln erforderten. Und er war vor Ort. Entweder wegen eines Auftrags oder rein zufällig. Manchmal gelang es ihm nicht, die Sekunde zu erwischen, in der sein Eingreifen Erfolg bringen konnte, manchmal ging sein Versuch auch nach hinten los und er landete auf der Schnauze – sowohl im übertragenen Sinne als auch tatsächlich.

Hin und wieder war es ihm allerdings gelungen, zur rechten Zeit mit den richtigen Mitteln das Richtige zu tun. Und wenn dann Geist und Körper mitspielten, dann wurde alles gut.

Aber das kam nicht oft vor, und er hatte Einsätze, die brenzlige Situationen vermuten ließen, nie gesucht.

Nur einmal. Als er Gerhild retten musste!

»Sie haben meine Tochter und mich gerettet!« Lück sah ihn aus der Nähe an, als könne er nicht begreifen, dass dieser kranke Mann zu so etwas fähig gewesen war.

»Was wollten Sie als Kind werden?«, fragte Fischer den Arzt. Lück lächelte: »Nie Lokomotivführer. Eher Autorennfahrer, oder Indianer. Der kleine Chirurg hat, als er noch gar nicht wusste, dass er jemals ein großer Chirurg werden wollte, Karl May und James Fenimore Cooper verschlungen. Ich habe alle Abenteurer bewundert.«

Fischer griff das auf: »Und bei der Hochzeit Ihrer Tochter haben Sie in mir so einen Abenteurer gesehen, der sich todesmutig ins Geschehen stürzt. Glauben Sie mir, ich hatte tagelang Muskelkater und überall Hämatome. Während des Sprungs hatte ich Angst, dass ich in der Mitte des Grills runterkommen würde, und als ich diesen Bolling am Kragen hatte, hätte ich fast so zugedrückt, dass ich jetzt noch hinter Gittern säße.

Aber ich will mich nicht beschweren. Sie leben, ich lebe auch«, er machte eine winzige Pause, in die das »noch« gepasst hätte, aber er verkniff es sich diesmal. In den Augen Professor Lücks zeigte sich Entspannung. Fischer sprach weiter: »Aber lassen wir es jetzt allmählich gut sein. Ich bin auf alle wirklich spektakulären Aktionen in meinem Berufsleben nicht so stolz. Das heißt, die spontanen waren halt das, was sie waren, spontan. Aber am schlimmsten waren die geplanten.

Als ich damals Gerhild befreit habe, hat mich das meinen Beruf gekostet, nebst allen Aufstiegsmöglichkeiten.«

»Sie haben das nie ausführlich erzählt«, sagte Lück, und die Neugier sprang ihm aus den Augen.

»Ich erzähle es auch jetzt nicht gern. Und ich werde Ihnen auch nicht jede Einzelheit auf die Nase binden. Ich möchte damit eines erreichen: Ich möchte nicht verehrt werden. Gerade nicht von einem Mann, der täglich Menschenleben rettet. Ich möchte nicht, dass Sie dieses Abenteuer-Gen überschätzen.«

Am liebsten hätte er jetzt geraucht, aber er konnte den Wunsch rasch verdrängen.

Professor Lück blickte ihn nicht an wie ein Wissenschaftler ein wichtiges Versuchsobjekt. Diesen Blick hätte sich Fischer nach seiner Einführung gewünscht. Nein, in den Augen des gestandenen Klinikchefs stand die jugendliche Neugier eines Kindes, das im Begriff ist, mit Old Shatterhand über die Weiten der amerikanischen Prärie zu reiten, oder das begierig ist, die Tricks eines weltberühmten Zauberers zu sehen. Kurz schoss ihm Wolfram Engels Show durch den Kopf.

Fischer hatte Angst, dass der pädagogische Effekt seiner Erzählung voll nach hinten losgehen könnte. Dennoch begann er.

»Als ich in den Neunzigern Schutzpolizist wurde, wollte ich durch Weiterbildung zur Kriminalpolizei. Ich hatte gute Aussichten. Meine Freundschaft mit Gerhild beflügelte mich beim Lernen. Sie war damals noch nicht so ätherisch und filigran wie heute. Das, was sie jetzt verkörpert, ist das, was fast zehn Jahre Psychiatrie von ihr übrig gelassen haben.

Allerdings war sie schon früher auf der Suche nach einem seelischen Halt, den ihr weder die großen Kirchen noch ihre Eltern geben konnten. Nicht einmal ich konnte das, obwohl wir sehr verliebt waren. Sie plante schließlich, einer kleinen christlichen Sekte in Mainz beizutreten.

Zuerst wollte ich sie davon abhalten. Sie reagierte recht scharf darauf, tat aber nichts ohne meine Zustimmung. 1997 besuchten wir das Fischerfest in Gernsheim. Wir waren unmittelbar dabei, als eine entfernte Bekannte von mir erstochen wurde. Gerhild tat sich als einfühlsame Helferin hervor, aber kurz darauf wurde ihr Wunsch, der erwähnten Sekte beizutreten, wieder stärker. Nach dem, was passiert war, stemmte ich mich nicht mehr dagegen. Sie trat also dort ein.

Mein Terminkalender war in der nächsten Zeit randvoll. Ich stürzte mich mit Feuereifer auf meine Kripokurse und informierte mich auch sonst ständig über die Kripoarbeit.

Ich ließ Gerhild zwangsläufig oft allein in unserer gemeinsamen kleinen Mainzer Wohnung. Wir wohnten in der Nähe des Rathauses. Ich hatte ein schlechtes Gewissen. Aber Gerhild machte mir keine Vorwürfe. Im Gegenteil, sie bestärkte mich in meinem Ehrgeiz und beruhigte mich auch, was meine Sorgen um sie betraf. Das Hauptquartier der Sekte, eigentlich nur eine doppelte Wohnung, war ganz in der Nähe, und so konnte sie immer rübergehen, wenn sie sich einsam fühlte und Menschen brauchte, die sich um sie kümmerten. Eigentlich ideal.«

Fischer holte Luft. Der Schmerz kam zurück. Der körperliche. Der aktuelle. Lück schien die Veränderung in seiner Mimik nicht zu entgehen. »Alles in Ordnung, Herr Fischer?«

»Es zieht wieder, aber es ist beherrschbar.« Er lächelte verkrampft. Dann fuhr er fort: »Ich war ein solcher Hohlkopf damals. Ich benutzte die Sekte quasi als Babysitter für Gerhild. Freunde warnten mich. Aber ich wischte alle Argumente beiseite. Manchmal, an Feiertagen, begleitete ich sie zu sogenannten Seelenreinigungsfesten. Mir kam das Ganze dubios vor, aber für Gerhild war es in Ordnung und mir nützte es, also konnte ich es akzeptieren. Bis auch ich merkte, wie sich Gerhild veränderte.

Sie wurde selbst bei alltäglichen Arbeiten unsicher, unkonzentriert, im Gespräch abwesend. Sie schwebte durch die Gegend wie ein Zombie. Und dann fing sie an, Geld von unserem gemeinsamen Konto an irgendwelche Adressen zu überweisen. Sie nannte es ›Spenden‹. Ich bekam heraus, dass es Deckadressen waren – alle Konten gehörten der Sekte. Eines Nachts stand sie vor meiner Hälfte unseres Bettes und sagte: ›Du musst gehen. Du tust mir nicht gut. Sie wollen es.‹ Dann ging sie hinüber zu ihnen.«

Fischer sah Lück in die Augen.

»Und da bin ich zu dem Abenteurer geworden, den Sie so gern bewundern wollen. Im Grunde war es ein Amoklauf. Ich habe meine Dienstwaffe genommen, habe in Zivil den Laden gestürmt, einen von den ›Jüngern‹ mit dem Lauf der Waffe an der Stirn verletzt, mich als Hauptkommissar der Kripo ausgegeben und Gerhild praktisch aus den Gemeinderäumen entführt.

Mein Glück war, dass sie sich nicht gewehrt hat, sonst wäre die Sache noch schlimmer ausgegangen.«

»Gut, das war vielleicht nicht gerade ein ausgeklügelter Plan«, gab Lück zu, aber er schien nicht bereit zu sein, Fischers Tat verwerflich zu finden. »Immerhin haben Sie Gerhild gerettet.«

»Mit einer ordentlichen Planung, und vor allem mit Hilfe meiner neuen Freunde von der Kripo hätte ich sie weniger spektakulär, aber effektiver rausholen können. So war ich alles los. Kripoaufstieg, letztlich den gesamten Job bei der Polizei und auch Gerhild, um die es eigentlich ging. Sie war total verwirrt. Sie erkannte mich nicht mehr und kam in die Anstalt nach Husum, wie Sie wissen. Zuerst durfte ich keinen Kontakt zu ihr aufnehmen, später wollte ich nicht. Ich war unsicher, hatte zuviel Angst, dass sie mich wieder nicht erkennt, oder total ablehnt. Meine Erbschaft half mir weiter, und die Tatsache, dass ich bei meinem Neffen in der Werbeagentur einstieg. Na, und dann geriet ich in Osthofen an einen Fall am Geiersberg. Ausgerechnet ein Sektenführer war erschlagen worden. Ich konnte in dem Fall maßgeblich helfen, und da kam ich auf die Idee, zum Privatdetektiv zu mutieren. Das ist jetzt auch schon wieder Geschichte.« Er seufzte. »Die Sekte in Mainz existiert übrigens immer noch und ist sogar größer geworden. Sie haben hervorragende Anwälte.«

Professor Lück machte ein unentschlossenes Gesicht. Er wollte sich seine Heldenverehrung nicht so rasch nehmen lassen.

»Sie haben vielleicht nicht das Richtige gemacht. Aber Sie haben etwas getan, was andere nicht getan hätten. Sie waren mutig.«

»Ich war gekränkt. Welcher Mann lässt sich gern von Fremden sagen, dass er sein Mädchen verlassen soll. Und ich habe mich selbst überschätzt. Kurz bei der Kripo reingeschnuppert und gleich eine Art Supermann sein wollen.«

Lück lächelte. »Wenn Sie wieder gesund sind, werden Sie vielleicht in der Lage sein, auf das eine oder andere in Ihrer Vergangenheit stolz zu sein.«

Fischer sah ihn an. »Ich weiß nicht, wie groß mein Anteil daran ist, dass Gerhild so lange in der Klinik sein musste. Aber ich glaube, mein Anteil daran ist groß, dass wir uns wiedergefunden haben. Und wenn Sie unbedingt wollen, dass ich auf etwas stolz bin, Herr Professor Lück, dann auf das.«

Die beiden Männer sahen sich lange schweigend in die Augen. Lück nickte ganz langsam und bedächtig.

25

Der Wein stammte noch aus Fischers Beständen. Rosi und Alfons Koop tranken ihn als »Absacker« in Rosis Büro. Rosi war Kenneth Strauss gegenüber nicht ganz ehrlich gewesen, als sie sagte, dass sie keinen Alkohol im Hause habe. Gewiss, sie hatte ihn nicht selbst gekauft, aber von seiner Existenz wusste sie.

Alfons Koop war beinahe beleidigt, als er die Weinetiketten sah. Das war Wein seines Onkels aus Wonsheim, aus dem Anbaugebiet Hölle, in der rheinhessischen Schweiz bei Nack. Er hatte Lui Fischer eine Zeit lang ständig mit Holzkisten voller Weinflaschen zugedeckt, um seine Dankbarkeit auszudrücken. Fischer hatte ihm, nach ihrem schlechten Start, geholfen, Angela heiraten zu können. Dass es mit den beiden nach der Hochzeit nicht geklappt hatte, war nicht Fischers Schuld.

Alfons Koop war nur etwas sauer darüber, dass Fischer offenbar nie einen Tropfen des geschenkten Weines verkostet hatte.

Rosi hatte ihm den Winkel gezeigt, wo die Kisten lagerten, und gesagt: »Wie ich Lui kenne, hat er Ihnen bei jeder Lieferung gesagt, dass es nicht nötig sei und dass er lieber Dosenbier trinken würde.«

»Stimmt!«

»Aber Sie waren so voll von Dankbarkeit, dass Sie ein »Nein« einfach nicht akzeptieren wollten.«

Jetzt saßen sie sich am Schreibtisch gegenüber und hoben die Gläser. »Auf überschätzte Gruselclowns, auf unentdeckte Mörder und auf seltsame, alte Spanner«, lautete Rosis Trinkspruch.

Alfons Koop hätte gern auf sich und Rosi und ihre gemeinsame Zukunft getrunken, selbst wenn dieser Zukunftsgedanke sehr unmittelbar nur die kommende Nacht beinhaltet hätte. Aber erstens hatte er Lui gegenüber behauptet, dass er warten könne, und zweitens war er froh, überhaupt so schnell in ihre Nähe gekommen zu sein.

»Wein ist nicht nur ein Getränk«, philosophierte Koop.

»Stimmt. Man kann ihn auch für Saucen verwenden«, flachste Rosi.

Bevor Alfons seinen Unmut über den Unernst dieser Äußerung kundtun konnte, meldete sich Rosis Handy.

Sie sah am Display, wer dran war. »Hallo, Susanne.«

»Rosi, du hast doch heute mit Edgar gesprochen. Er hat nach eurem Gespräch Lui angerufen. Der wollte ihn zwar beruhigen, aber er klang nicht so glaubwürdig wie sonst.

Irgendwie verhalten, zögernd, als wäre er nicht bei der Sache. Das sieht ihm gar nicht ähnlich. Wir machen uns große Sorgen. Irgendetwas stimmt nicht mit ihm. Wir haben schon Angst, dass es mit Gerhild zu tun hat. Vielleicht ein Rückfall, oder, was ich nicht hoffen will, eine Trennung. Was meinst du? Dich hat er ja als Erste so komisch behandelt. Hast du denn noch mal mit ihm gesprochen, nachdem du mit Edgar ...«

»Hol mal Luft zwischendurch«, schlug Rosi vor und sah die Spannung in Alfons Koops Gesichtszügen.

»Entschuldige den Überfall, aber wir sind seine nächsten Verwandten. Jedenfalls Edgar.« Rosi hörte, wie Susanne versuchte, ihren hektischen Atem unter Kontrolle zu bringen.

»Ich weiß nicht mehr als ihr«, sagte Rosi.

Susanne gab ihre Atemberuhigungsversuche auf. »Komisch, nicht? Er will ein neues Leben beginnen. Mit seiner Freundin aus früheren Tagen. Er bricht alle Zelte hier ab und macht sich auf den Weg nach

Norden. Da müsste er doch voller Elan sein und vor Liebenswürdigkeit nur so übersprudeln. Aber nein, er ist muffelig, grantig, benimmt sich seiner Verwandtschaft und seinen alten Freunden gegenüber abweisend, oder bestenfalls zurückhaltend. Das passt einfach nicht zu meinem Lui.«

»Zu deinem ...?«

»Äh, zu unserem Lui!«

»Ich finde es auch befremdlich. Aber ich gebe dir einen Tipp. Ich habe hier rein zufällig einen Lui-Fischer-Experten von hohen Gnaden, der dir vielleicht etwas mehr sagen kann.«

Alfons machte abwehrende Armbewegungen.

»Wen denn?«, fragte Susanne.

»Alfons Koop, ein schlagkräftiger Weintrinker, du kennst ihn. Er war gestern noch mit Lui zusammen.«

»Alfons, her mit ihm!«

Koop zeigte seine Ablehnung nun mit derart starkem Armrudern, dass er sein Weinglas auf dem Schreibtisch beinahe umgewedelt hätte.

Aber Rosi drückte ihm ihr mobiles Telefon einfach in die Hand. »Hallo, Susanne«, flüsterte er überrumpelt und erschrocken, »ich weiß auch nicht mehr.«

»Du warst mit ihm in Mannheim?«

»Ja, er ist bei Freunden.«

»Dehnbarer Begriff. Freunde, was sind das für Freunde? Ist er in Schwierigkeiten? Irgendwas aus seiner Vergangenheit? Gangster, die damit drohen, Gerhild zu entführen, oder ...«

»Halt mal die Luft an, Susanne«, fauchte Koop. »Ihm geht's gut, er macht nur Pause.«

»Ist Gerhild damit einverstanden?«

»Wenn sie nicht einverstanden wäre, wäre sie ja kaum ...« Alfons brach ab.

»Was wäre sie nicht?«

Alfons hörte nicht nur Susannes Misstrauen, er las auch das von Rosi an ihrer gerunzelten Stirn ab.

»Sie würde«, er geriet ins Stammeln. »sie wäre ja, wenn sie nicht einverstanden wäre, nicht bereit zuzulassen, dass er sich noch von anderen Freunden verabschiedet.«

Susanne fragte mit ruhiger Stimme: »Wo ist Gerhild? Wo ist Lui? Und warum bist du bei Rosi?«

Koop blickte verzweifelt vom Handy zu Rosi und zurück.

In diesem Augenblick läutete der Festnetzanschluss im Büro. Rosi meldete sich und sagte, nachdem sie eine halbe Minute gelauscht hatte: »Alfons, beenden Sie bitte das Gespräch. Wir müssen los ... Herr Dellworm braucht dringend meine Hilfe.«

Alfons Koop sagte ins Handy: »Wir sprechen morgen weiter, ok?«

26

Er saß diesmal weder in Professor Lücks Büro noch im offenen Aufenthaltsraum, er lag auf seinem Bett und starrte an die Decke.

Vergangenheit, Krankheit, Gegenwart, Krankheit, Zukunft, Krankheit.

Er würde es nicht ewig verheimlichen können. Nun, das Wort »ewig« war hier sowohl fehl am Platze als andererseits auch vollkommen passend. Ein Schauder überlief ihn.

Es war kühler im Krankenzimmer, als er es von vorhin in Erinnerung hatte.

Es war recht dunkel. Trotz Halbmond! Nachtwolken. Die Gardine ließ spärliches Licht herein.

Es war nicht gut, hier auf dem Bett zu liegen und Löcher in die Luft zu starren. Es war überhaupt nicht gut zu grübeln.

Es war nicht gut, an Stefanie zu denken, die Frau, in die er sich während eines Falles in Guntersblum so gnadenlos verliebt und die ihm das Leben gerettet hatte, und die jetzt bis zum Ende ihres Lebens im Gefängnis sitzen würde. Sie war eine Mafia-Killerin – und an eine Wiederaufnahme ihres Verfahrens war nicht zu denken. Er besuchte sie immer weniger.

Es war das genaue Gegenteil seines Verhaltens bei Gerhild. Sie hatte er am Anfang weniger und später mehr besucht.

Die Erinnerung an Stefanie war da, aber sie verblasste. Fischer sträubte sich zwar gegen das Nachlassen seiner Gefühle, aber außer den Besuchen gab es nicht viel, was die Beziehung aufrechterhalten konnte. Sie waren beide keine fleißigen Briefeschreiber.

Er hatte Stefanie von Gerhild erzählt. Und sie hatte ihn darin bestärkt, sich seiner ersten großen Liebe wieder zuzuwenden. Ihr Gefängnisleben war so weit von ihm entfernt. Sie wusste das!

Er dachte an Annerose. Die Frau, deren Liebe er nie in dem Maße erwidert hatte, wie sie es verdient gehabt hätte.

Annerose, die in Bingen am Mäuseturm durch eine Kugel getötet worden war, die ihr nicht gegolten hatte.

Annerose, die zu dem Zeitpunkt von ihm schwanger gewesen war.

Schluss. Er musste aufstehen und dieses verdammte Krankenhausbett verlassen. Und dieses einsame Zimmer. Zum ersten Mal gefiel ihm sein Sonderstatus nicht. Der Privatpatient mit dem Privileg, nicht durch das Schnarchen eines möglichen Mitpatienten aufgeweckt zu werden.

Jetzt wäre er geradezu dankbar gewesen, ein Schnarchen zu hören. Je lauter, je lieber. Selbst einer von den sonst störenden Helikoptern vom Nachbardach wäre willkommen gewesen.

Hoffentlich war Schwester Hedi nicht im Einsatz in anderen Krankenzimmern.

Fischer stand wenige Augenblicke später im spärlich beleuchteten Gang und stellte mit einem Blick auf die leere »Kommandobrücke« und ein blinkendes, rotes Licht fest, dass Hedi nicht nur für ihn da war.

Er überlegte, ob er den Bulgaren mit seinem stummen Zimmernachbarn besuchen sollte.

Ein Blick auf die Uhr im Gang.

Es war kurz vor zwei.

Fischer wandte sich dem Aufenthaltsraum zu. Dort saß tatsächlich jemand. Es war äußerst selten, dass sich um diese Zeit einer hierher verirrte, hatte Hedi erzählt.

Vielleicht einer, der starke Schmerzen hatte?

Oder einfach nur einsam und hilflos war, wie er zurzeit?

Fischer ging in den Raum. »Guten Abend, oder besser, guten Morgen.« Der Mann, der links hinten dicht an einem der breiten Fenster saß, hob den Kopf.

Fischer sah mehrere Verwachsungen quer über der Nase und an beiden Mundwinkeln, was dem Mund ein groteskes Dauergrinsen verlieh. Er besaß das, was man ein fliehendes Kinn nannte – obwohl, das floh nicht mehr, das war schon weg. Das, was übrig war, sah verätzt aus.

Am Hals trug er einen Verband.

»Willkommen im Club der Nichtschläfer.«

Fischer setzte sich, wobei er einen Tisch zwischen sich und dem Fremden frei ließ.

»Schon unterm Messer gewesen?«, fragte der Mann.

»Nein, Montag. Aber Sie waren schon?«

»Einmal. Wie Sie sehen, gibt's an mir noch mehr Stuckarbeit.« Ein kleines, hässliches Lachen erschien zwischen den beiden Mundwinkelpickeln.

»Ich hoffe doch gutartig«, sagte Fischer und bereute, aus seinem Zimmer gekommen zu sein. Der Mann war ihm unangenehm und er glaubte nicht, dass ihn das verunstaltete Äußere so abschreckte.

Was hier seinen Fluchtimpuls auslöste, kam von innen. Der Mann gruselte ihn, obwohl er bisher kaum etwas gesagt hatte. Es ging eine unheimliche Vertrautheit von ihm aus. Ein Fremder, der kein Fremder war, und auf dessen Bekanntschaft man lieber verzichtet hätte.

»Sehe ich gutartig aus?« Der Mann kicherte. »Ein Typ wie ich kann gar nicht gutartig sein. Weder medizinisch noch überhaupt. Schauen Sie mich an. Chemie! Ungeschützter Umgang. Entsorgung von Giftmüll. Erst Bestrafung, dann Klinik. Gutartig? Ha!«

Selten hatte Fischer eine knappere Fallstudie gehört. Alles drin, was man wissen musste ... wenn man es wissen *wollte*.

Er wollte nicht. Im Gegenteil, er brauchte jemand, mit dem *er* reden konnte. Keinen Umweltsünder mit irrem Kichern, der wahrscheinlich nichts bereute. Der nur bedauerte, dass ihn die Justiz und sein Körper erwischt hatten.

Wo war Hedi?

Da blinkte ein zweites Licht. Ob er hingehen sollte? Vielleicht konnte er helfen, wie bei dem beleibten Bulgaren.

Der Mitpatient mit den vielen Verwachsungen beugte sich über den Tisch, an dem er saß. »Sehen Sie mich mal an.«

»Bitte?«

»Sehen Sie mich an.«

Was sollte das? Fischer überlegte nicht lange, er blickte in das Gesicht. »Und, zufrieden?«

»Und wie. Zufrieden ist gar kein Ausdruck. Gar kein Ausdruck. Meine Augen sind ja noch gut.«

»Würden Sie mich wohl am Schatz Ihres Wissens teilhaben lassen?«

»Wir kennen uns.«

Fischer überlegte blitzschnell, ob das wahr sein könnte. Das Gesicht sah heute aus, als sei es frisch für eine Halloween-Maske hergerichtet worden. Aber der Mensch unter den Verwachsungen hatte ja nicht immer so ausgesehen.

»Na, kommen Sie drauf, Herr Fischer, großer Detektiv? Sheriff von Worms und Guntersblum!?«

Es stieg Fischer heiß vom Magen hoch bis ins Herz. Die Vergangenheit holte ihn ein. Nicht nur durch den *Hofnarren des Teufels*, nicht nur durch die vielen Gedanken eben im Bett, nein, ganz konkret in diesem dreimal verfluchten Aufenthaltsraum.

»Wann waren Sie das letzte Mal in Mainz?«, fragte der Mann. Fischer antwortete nicht.

»Wie sieht sie aus? Hat sie abgenommen? Sie neigt zur Bulimie, wenn sie Kummer hat. Wissen Sie, dass wir noch nicht geschieden sind?«

Fischer wäre gern geflohen. Er begriff diesen Zufall nicht. Eben dachte er noch an Stefanie, hatte ein schlechtes Gewissen, dass er sie nicht mehr im Gefängnis besuchte, und Minuten später wurde er konkret nach ihr gefragt. Von Harald Lorenz, ihrem Ehemann, mit der ihm eigenen, menschenfeindlichen Ironie.

Es hatte keinen Sinn zu flüchten. Harald Lorenz würde weiter süffisante Sprüche von sich geben und sich so an ihm rächen wollen. Männer seines Kalibers kamen nie auf die Idee, dass sie einen Anteil daran haben könnten, wenn sich eine Frau von ihnen trennt. Schuld war entweder die Frau selbst in ihrer moralischen Verderbtheit, oder ein böser fremder Mann, der sich ihm bietende Situationen ausnutzte.

Gedanken darüber, wie seine Frau zur bezahlten Killerin werden konnte, hatte sich Harald Lorenz wahrscheinlich noch nicht gemacht.

»Aber warum sollten Sie sie noch besuchen?«, sagte Lorenz leise. »Sie hatten damals Ihren Spaß. Ihr Pech, dass sie Ihnen Ihr schäbiges, kleines Leben gerettet hat. Sie wäre wahrscheinlich sonst nie verhaftet worden. Nun, ich habe sie noch nie besucht. Mein Anwalt hat ihr mitgeteilt, dass ich mich nie scheiden lassen werde. Sie soll nichts von mir bekommen, sie muss mich auch nicht sehen, aber vergessen soll sie mich auch nicht.«

Er sah Fischer an, wie ein Wissenschaftler, der einem Laien einen komplizierten Vorgang mit möglichst schlichten Worten erklärt.

Fischer empfand plötzlich die Müdigkeit, die er vorhin im Bett gesucht hatte.

Sein Schrecken über das Erscheinen von Harald Lorenz war genauso rasch verschwunden.

Was war der mehr, als ein verletzter, kranker Zyniker, der seine Gelüste nach Rache nur bei zufälligen Begegnungen auslebte, weil ihm zu anderem der Mut fehlte.

Fischers Handy klingelte so unerwartet wie selten. »Darf man vom Gefängnis aus telefonieren?«, fragte Lorenz.

Fischer sah auf dem Display Alfons Koops Nummer.

»Hier ist Rosi.« Oh, die beiden waren um diese frühe Tagesstunde noch zusammen? Fischers Gedanken griffen nach jedem positiven Strohhalm, nachdem sie die seelischen und realen Breitseiten der letzten Stunden verkraften mussten.

»Keine lange Zeit für Erklärungen, Lui. Alfons und ich sind in Gernsheim. Im Haus von Peter Dellworm. Wir sind in den Händen eines Mannes, der dich sehen will. Wenn du nicht kommst, will er Alfons töten. Ich muss dir das so ausrichten, weil Alfons tatsächlich in großer Gefahr ist. Mir wäre es lieber, wenn man damit drohen würde, mir, als schwachem Weib, etwas anzutun, wie üblich, aber im Dienste der Emanzipation droht man heutzutage wohl wirkungsvoller mit dem Verlust des Freundes.« Fischer versuchte aus dieser Zusatzerklärung eine geheime Botschaft herauszuhören, aber es gelang ihm nicht.

Er bat um Dellworms Adresse und Telefonnummer. Rosi gab ihm beides. Dann sagte er: »Ich werde etwas tun.« Harald Lorenz hatte sich nun total über seinen Tisch gelehnt. »Der große Privatdetektiv Ludwig Fischer, genannt Lui, wird etwas tun?« Fischer zögerte zuerst mit der Antwort. »Ja«, sagte er dann, »sofort!«

Eine Viertelstunde später stand er in der Tiefgarage vor dem Wagen, dem er seit vielen Jahren die Treue hielt. Dem graugrünen Mitsubishi Pajero Sport, aus dem Nachlass des Mordopfers Prengel vom Geiersberg. Er hatte Hedi einen Zettel und Professor Lück einen Umschlag in der »Kommandobrücke« hinterlegt. Ob, was und wem Lorenz etwas erzählen würde, war Fischer egal. Er verließ Mannheim und steuerte über Lampertheim und Bürstadt Gernsheim an.

Gelegentliche Schmerzen am rechten Oberschenkel verwies er auf den Montag. Jetzt hatte er anderes zu tun. Kurz dachte er an das Gespräch mit Professor Lück. Aber nur ganz kurz.

27

Backfischfest – Sonntag Fischerstechen

Morgendämmerung. Fischer musste unwillkürlich an die Busentführung zum Mäuseturm denken. Dort hatte sich auch alles in den frühen Morgenstunden entschieden.

Es war ein Haus in einer schmalen Straße hinter der Tennishalle. Die Straßenbeleuchtung brannte noch. Ansonsten lag eine friedliche Stimmung über den Dächern der Ein- oder Zweifamilienhäuser, hervorgerufen vom ersten Frühkonzert der Vögel und den verschiedenen Rot- und Gelbtönen zwischen lang gestreckten Wolkenbänken. Fischer stieg in der Nähe des angegebenen Hauses aus. Er atmete tief die frische Luft ein und gierte nach einer Zigarette. Aber er hatte keine dabei. Ein Grund mehr, Alfons zu retten.

Als ihm das Wort *retten* richtig bewusst wurde, ernüchterte ihn das derart, dass ihn die Lust auf Nikotin wieder verließ.

Das Haus lag von der Straße aus hinter einem Ziergarten, war klein und alt. Die gemauerten Wände waren nicht verkleidet, nur ockerfarben angemalt. Man merkte nicht gleich, dass ein Architekt hier wohnte. Erst die Dachstruktur mit den Solarzellen wies auf einen Besitzer hin, der sich mit der Materie auskannte.

Fischer bemühte sich aber, dafür jetzt kein Auge frei zu haben.

Er versuchte sich nur zu erinnern, ob Dellworm in früheren Zeiten auch schon hier gewohnt hatte. Nein, er glaubte, es war in der Nähe des Bahnhofs. Egal.

Fischer griff in die Taschen seiner schwarzen Lederjacke und fühlte die Walther PPK, für die er immer noch einen Waffenschein besaß, und die schwarze Stabtaschenlampe. Auch das Diktiergerät, das ihm schon viele gute Dienste geleistet hatte, war am Mann.

Wieder schoss ihm ein Randgedanke durch den Kopf, der jetzt eigentlich störend war. Ihm fiel auf, wie oft er in letzter Zeit militärische Ausdrücke gebrauchte, wie »etwas am Mann haben«, oder »Stechschritt«, »Kommandobrücke«, oder auch »stramm stehen«.

Seitdem die Bundeswehr in Afghanistan kämpfte und je mehr sie sich bemühte, im Bundesalltag anerkannt zu werden, desto normaler war es wieder, militärischen Jargon in alle möglichen Bereiche des zivilen Lebens zu übertragen. Gerade jetzt, nach seiner Detektivkarriere, als er dem pazifistischen Lui in sich mehr Platz geben wollte.

Doch der war im Augenblick nicht gefragt.

Als er an dem kniehohen, schmiedeeisernen Gartentürchen ankam, stand Dellworm schon in der Haustür. Fischer erkannte ihn sofort.

Dellworm reichte ihm die Hand. »Ludwig, ich darf dich doch noch duzen?«

»Klar, Peter.« Sie schüttelten sich die Hände. »Also, wie ist die Lage?«

Dellworm wies ihn mit einer Geste in den Flur und weiter in ein geräumiges Wohnzimmer mit Kamin.

Dellworm bot Fischer einen Sessel und ein Bier an. Obwohl es Binding-Pils aus der Flasche war, nahm er es an. Er fragte sich, warum er bei Männern mit seinen Prinzipien lockerer umging.

Dellworm trank ein Glas Rheinhessen-Wein, obwohl er Hesse war, und sah Fischer an. »Ich habe dich am Freitag angerufen, das heißt, deine Nummer. Aber da war nur das Fräulein, also deine Frau Blum. Da musste ich mit ihr vorliebnehmen, obwohl du mir von Anfang an lieber gewesen wärst.«

»Geschenkt, Peter, weiter!«

»Ich hatte ihre Zusage noch gar nicht, da meldete sich ein Fremder bei mir.«

»Telefonisch?«

»Nein, er kam gestern hierher. Meine Frau hat ihn noch gesehen, bevor sie zu ihrer Schwester nach Hinterzarten gefahren ist.«

»Ist sie das? Was wollte der Fremde?«

»Er sagte, er habe neue Beweise im Fall Gisela Rodalke. Aber er wolle zuerst mit mir sprechen, bevor er zur Polizei ginge.«

»Warum?«

»Weil es mir peinlich sein könne, was er der Polizei zu sagen habe.«

»Inwiefern?«

»Er behauptet, er habe mich gesehen. Beim Mord an Gisela.«

»Er behauptet, dich mit dem Messer gesehen zu haben? Wie du Gisela erstochen hast?«

»Ja! Er könne das so beweisen, dass es ihm die Polizei und die Gerichte glauben. Mit einem Foto.«

»Hat er dir das Foto gezeigt?«

»Nein.«

»Aha, mal abgesehen davon, dass man Fotos fälschen könnte, wieso regst du dich eigentlich auf? Ich gehe mal davon aus, dass du nicht der Mörder warst. Dann kann er kein echtes Foto von dir haben. Eine Fälschung kann heute genauso perfekt nachgewiesen werden, wie man sie perfekt herstellen kann. Wenn du das Messer nicht in der Hand hattest, dann kann dir auch nichts passieren.«

Dellworm blinzelte.

Fischer sagte: »So, was ist jetzt mit Alfons Koop und Rosi Blum?«

»Das eine hat unmittelbar mit dem anderen zu tun.«

»Also?! Jetzt lass dir doch nicht jede Information einzeln aus der Nase ziehen.«

Dellworm, den Fischer als eher polternden Hau-Ruck-Typen mit rustikalem Humor in Erinnerung hatte, wirkte nun hilflos, schüchtern beinahe.

»Du hast eben gesagt, wenn ich das Messer nicht in der Hand hatte, könne mir auch nichts passieren.«

»Ich weiß, was ich gesagt habe.«

»Na ja, Lui, ich, ich hatte es in der Hand.«

»Was?«

»Es war dem Engel aus der Tasche seiner Jacke gefallen.« Er unterbrach sich. »He, das war genauso eine, wie du sie anhast.«

»Schon gut, ich hab mich inspirieren lassen, weiter!«

»Der Engel hat sich danach gebückt, der Heiner und ich auch. Ich hatte es als Erster und hab's aber gleich vor Schreck fallen lassen.«

»Also könnte, rein theoretisch, das Foto tatsächlich existieren?«

Dellworm stöhnte. »Ja, leider.«

»Wie passen Rosi und Alfons da rein?«

»Der Fremde hat mich erpresst.«

»Womit? Geld und Gut? Will er deine Frau entführen?«

»Länger als bei ihren sogenannten Gesellschaftsreisen im Namen des Weines könnte sie bei einer Entführung auch nicht weg sein.«

»Gesellschaftsreisen?«

»Sie ist die Ex-Weinkönigin von Oppenheim und gibt furchtbar damit an.«

»Und du kannst dir vorstellen, dass er sie entführen will?«

»Nein, der kann mich mit einem Fehler am Bau anklagen. Damit hat er mich in der Hand. Jetzt aber will der etwas anderes.«

»Was?«, fragte Fischer.

»Dich!«

»Und was ist mit Alfons und Rosi?«

»Er wollte von Anfang an dich. Wenn ich ehrlich bin, ist schon meine ganze Kontaktaufnahme in seinem Auftrag erfolgt. Es war schwierig, ihn nach meinem Telefonat mit Rosi zu überzeugen, dass du wirklich nicht mehr im Geschäft bist.«

»Was will er von mir, wenn er dich als Mörder hat? Ich bin erst später dazugekommen.«

»Das muss er dir selbst sagen.«

»Auf die Gefahr, mich zu wiederholen: Wo stecken Rosi und Alfons?«

»Der Frau Blum ist nichts passiert. Sie ist unten in einem Kellerraum. Er hat sie eingeschlossen.«

»Und wo zum Teufel steckt Alfons?«

»Auch im Keller, im Raum neben dem von Frau Blum.«

»Wenn du mir nicht sofort sagst, in welchem Zustand ich Alfons antreffe, bist du der Erste seit einem Jahr, der mit mir richtigen Ärger kriegt.«

»Der Fremde hat nur Rosi erwartet, er wollte sie dazu bringen, dich herbeizuholen, er hatte nicht damit gerechnet, dass sie einen Mann mitbringt. Er hat ihn mit der Pistole bedroht und Frau Blum musste ihn fesseln.«

»Aha! Keine Verletzung?«

»Nein, er ist nur ans Bett gefesselt. Du kannst jetzt zu ihnen gehen. Da findest du auch den Fremden.«

»Du gehst vor!«

»Nein, ich soll hierbleiben. Und du sollst mir dein Handy und deine Waffen geben.«

Fischer sah Dellworm an. Sein Blick hatte nicht mehr viel gemeinsam mit dem des jungen Schutzpolizisten vom Gernsheimer Fischerfest.

»Es ist lange her, seit wir uns zum letzten Mal gesehen haben, Peter. Glaub mir, wenn du nicht vorgehst, wirst du es bereuen. Und meine Waffe bleibt bei mir.«

Dellworm verlegte sich aufs Jammern: »Du weißt nicht, was er tut, wenn wir nicht genau machen, was er will.«

»Geh los.« Fischer zog die Waffe und richtete sie auf Dellworm. Der zitterte plötzlich. »Lui!«

»In den Keller!«

»Aber wenn er ...«

»Er wird nicht. Ich glaube dir deine Geschichte nämlich nicht.«

»Sie sind wirklich da unten.«

»Aber der Fremde nicht.«

»Wie kommst du darauf?«

»Weil es deinen geheimnisvollen Fremden gar nicht gibt.«

28

Gerhild war wieder einmal schweißgebadet aufgewacht. Es kam viel seltener vor als damals, kurz nach dem Klinikaufenthalt, aber manchmal, wenn Dinge unklar waren oder sie über das übliche Maß hinaus ängstigten, geschah es wieder. Dazu war kein begleitender Traum erforderlich, es reichte aus, wenn eine Situation unschöne Begleiterscheinungen mit sich brachte.

Luis Krankenhausaufenthalt war es nicht. Sie hatte ein gutes Gefühl, was seine Heilungschancen betraf. Ein viel besseres Gefühl als er selbst.

Es war dieser plötzliche Blick in die ganz ferne Vergangenheit. Die Bilder von Gisela, die immer wieder auftauchten. Die sie verfolgten, als wollten sie ihr plötzlich eine Schuld zusprechen, die sie weder damals am Tatort noch später irgendwann empfunden hatte. Auch kein anderer war jemals auf den Gedanken gekommen, sie mitverantwortlich zu machen für diesen grausamen Tod.

Warum also beschäftigte sie das so? Sie hätte nichts anderes tun können, als das, was sie getan hatte. Der Toten war nicht mehr zu helfen gewesen. Sie hatte sich um deren Bruder gekümmert. Das war wichtig und das einzig Sinnvolle, was sie hatte tun können.

Erst überlegte Gerhild, Lui anzurufen. Doch es war zu früh. Er hatte zwar gesagt, dass er im Krankenhaus ziemlich schlecht schlief, aber gerade deshalb war es gewagt, es jetzt zu versuchen. Vielleicht war er gerade eingeschlafen, wenn sie ihn anklingelte. Das würde sie sich nicht verzeihen.

Gerhild ging unter die Dusche. Kalt-heiß, kalt-heiß. Sie erinnerte sich daran, wie es im ersten Jahr in der Klinik war. Da wurde sie geduscht. Abgespritzt. Draußen hatte das niemand geglaubt. Darum hatte sie es auch irgendwann niemandem mehr erzählt.

Freiwilliges Duschen war schön.

Sie rubbelte ihren Körper trocken und sehnte sich nach Lui. Doch sie waren übereingekommen, sich vor der Operation nicht mehr zu vereinen. Das war auch der Grund, weshalb sie nicht in die Klinik, sondern in ein Hotel gezogen war.

Sie war jahrelang ohne körperliche Liebe gewesen und seit Kurzem erst, seit einem Jahr, gab es durch Luis ständige Besuche in Husum so etwas wie ein regelmäßiges Sexualleben.

Das würde noch intensiver werden, wenn sie erst zusammenlebten, hoffte sie. In viel freier Natur, frischer Luft und bestärkt vom Vorbild der Tiere oben auf der Insel Pellworm bei Husum.

Gerhild lächelte, genoss noch einen Moment die Luft auf ihrer nackten Haut.

Dann kam der Schauer. Nicht, weil die Luft zu kalt geworden wäre. Gisela fiel ihr wieder ein. Sie hatte Sex gehabt mit Wolfram Engel. Kurz vor ihrem Tod.

Man hatte festgestellt, dass sie nichts unter dem roten Kleid anhatte. Wahrscheinlich hatten sie es hochgestreift, vielleicht so hoch, dass er bequem in sie eindringen konnte, oder sie hatte es kurz ausgezogen. Dann wäre Gisela so nackt gewesen wie Gerhild jetzt. In einem Festzelt. Während eines Feuerwerks. Ständig in Gefahr, von anderen entdeckt oder begafft zu werden.

Viele hielten das für einen Reiz. Gerhild wollte keine Zuschauer. Aber der Mensch kann sich ändern. Unter Frieslands Himmel war vielleicht auch eine exhibitionistische Gerhild denkbar.

Aber der Gedanke an eigenen Sex war erst einmal verschwunden.

Sie dachte wieder nur an Gisela Rodalke, eine Frau, die seit 13 Jahren tot war.

Gerhild zog sich an. Sie beschloss, einen frühen sonntäglichen Spaziergang über die Brücke Richtung Innenstadt zu machen, bevor sie ins Krankenhaus ging. Ob sie Lui vorher noch anrufen sollte? Nein, der sollte ruhig schlafen, falls er konnte.

Gerhild bemühte sich, den Tag als etwas Gutes, Aufbauendes zu begrüßen, aber die Ängste, die sie zum Schwitzen in der Nacht gebracht hatten, ließen sie auch im hellen Sonnenschein über Mannheim nicht los.

29

Ein schwacher Lichtschein fiel vom oberen Flur her auf die Kellertreppe.

»Licht an«, kommandierte Fischer.

Dellworm ging vor ihm her. »Er hat gesagt, es soll hier unten dunkel ...«

»Und ich sage, es soll hier unten leuchten wie bei *Rhein in Flammen.* Licht an!«

»Oh Gott, das wird er mich büßen lassen.«

»Du warst doch früher kein solches Weichei«, sagte Fischer, »oder liege ich da falsch?«

Dellworm blieb genau neben dem Lichtschalter stehen.

Fischer trat direkt hinter ihn. Es war albern, ihm mit der Waffe zu drohen, denn Dellworm konnte nicht so blöd sein zu glauben, dass ihn Fischer wegen der Nichtbetätigung eines Lichtschalters erschießen würde. Also sagte er nur leise und kumpelhaft: »Ich glaub dir deinen Fremden sowieso nicht. Ich glaube zu wissen, wer uns da unten erwartet. Und vor dem hast du noch nie Angst gehabt.«

Dellworm stieß zweimal hintereinander Luft aus, blickte Fischer über die Schulter an und murmelte: »Bist ein verdammt scharfer Hund geworden, als Privater, hm?«

»Ich hab Hautkrebs, bösartig, das macht mich ein bisschen grantig. Hin und wieder.«

Dellworm knipste das Licht im Keller an. Bevor er losmarschierte, sagte er zu Fischer: »Die Frau Blum gibt keine größeren Auskünfte über dich. Da hieß es nur, du gehst in den Norden. Ich glaube, das Wort Husum fiel.«

»Schön, dass sie dicht hält. Streng genommen geht's nach Pellworm, Herr Dellworm. Du solltest mich schon deshalb mal besuchen.«

Beide Männer lachten leise. Dann gingen sie die Treppe hinunter. Trotz der geänderten Stimmung hatte Fischer die Pistole noch nicht weggesteckt.

Auf halber Treppe sagte Dellworm. »Über deine Krankheit hat sie auch nichts gesagt.«

»Konnte sie nicht.«

»Hat sie's nicht gewusst?«

»Exakt!«

»Also, ich werde es ihr und dem Herrn Koop auch nicht sagen.«

»Der weiß es.«

»Aha! Kompliziert bei euch.«

Sie waren unten an der Treppe angekommen. Fischer sagte: »Ich werde es der Rosi selbst beibringen.«

Der Gang war kurz und jetzt auch gut beleuchtet. Dellworm ging zu der ersten Tür auf der rechten Seite und drehte den von außen steckenden Schlüssel um. Er drückte die Klinke herunter, die Tür glitt rasch auf und Rosi stand im Türrahmen. Schick wie immer, weder geschwitzt noch verstaubt noch mit angespanntem Gesichtsausdruck. Nein, hier war nichts passiert, was den Einsatz der Kavallerie erfordert hätte.

Ohne Begrüßung fragte Fischer: »Du hast Alfons gefesselt?«

»Was man so fesseln nennt. Schön, dich zu sehen, untreue Tomate.«

Dellworm ging zur nächsten Tür. Schloss sie auf. Alfons Koop saß auf einer Art Bett, die Arme verschränkt. Es roch nach Zigarettenrauch im Raum und in einer Tasse auf einem kleinen Tisch neben dem Bett lagen vier Kippen.

Neben ihm auf der Matratze lagen ordentlich zusammengerollt, wie Lassos, zwei Stricke.

»Wie lange haben Sie gebraucht, Alfons?«, fragte Rosi.

Koop wiegte den Kopf. »Zwei Minuten. Gute Arbeit, Rosi.« Dann blickte er betont cool zu Fischer: »Hallo, Meister. Kannst du mir sagen, was wir hier sollen?« Er legte in den nächsten Satz einen dringlichen Unterton. »Und wieso du tatsächlich herkommst?«

»Ich hab ihn angerufen, Sie waren doch dabei, Alfons, er hilft seinen Freunden eben, wenn er kann.«

»Ja, *wenn* er kann!«

Dellworm sagte: »Ich möchte Sie jetzt zu dem Mann führen, der diese Zusammenkunft arrangiert hat.«

»Der Fremde. Das kann nur Heiner Rodalke sein«, sagte Fischer, »und wenn das so ist, soll er sich vorsorglich mit seinem Anwalt beraten, denn er wird exakt drei Anklagen auf sich zukommen sehen. Darunter ist Freiheitsberaubung nur das harmlosere Wort für Kidnapping.« Er sah Rosi und Alfons an. »Habe ich recht?«

»Ja«, sagte Rosi.

»Aber so was von«, sagte Alfons.

Die dritte Tür öffnete sich. Dellworm ging vor den anderen hinein.

An einer Art Schreibtisch saß Heiner Rodalke im schwarzen Anzug mit roter Krawatte. Er trug seine große, schwarze Brille. Hinter ihm befanden sich riesige Regale voller Bücher.

»Peter lässt mich hier wohnen, wenn ich mal in Gernsheim bin«, sagte er. »Die Bücher gehören mir, die wollte ich damals nicht mit nach Rheinhessen nehmen. Meine Wurzeln sind hier an dem Ort, an dem Peter Schöffer geboren ist. Gewirkt hat er in Mainz, aber geboren ist er hier, wie ich, und wie du, Lui!«

Alle standen jetzt in der Kellerbibliothek. Dellworm machte die Tür zu und wies auf einen einzelnen Sessel und ein Zweisitzersofa vor dem Tisch. Er selbst zog sich einen gepolsterten Stuhl heran.

»Gisela hat nicht gewusst, wie oft ich hier in Gernsheim war, damals, nachdem wir nicht mehr zusammenwohnten.«

»Heiner«, sagte Fischer langsam, sein Oberschenkel zwang ihn, seine Worte klug zu wählen, um nicht plötzlich ausfallend zu werden, »noch weiß ich nicht genau, welches Fest wir hier gemeinsam feiern, aber ich habe so meine Ahnung. Ich hab's eben draußen schon gesagt: Wenn du nicht total überzeugende Argumente für diese zwei Entführungen hast, kriegst du einen solchen Ärger an den Arsch, dass du so alt wie Johannes Heesters werden *musst*, um die Luft jemals wieder außerhalb einer Zelle einatmen zu können.«

»Ich habe bereits ein Schriftstück bei meinem Anwalt hinterlegt, in dem meine Schuld an der Freiheitsberaubung, Nötigung und räuberischer Erpressung offengelegt wird. Finanzielle Beträge sind ausgesetzt, aber auch ihr Recht auf gerichtliche Schritte wird ausdrücklich gebilligt, wenn nicht erwünscht.«

Niemand antwortete. Rodalke blickte von einem zum anderen.

»Nachdem ich so viele Jahre im Dunkeln vor mich hingebrütet hatte, im wahrsten Sinne des Wortes im Dunkeln, indem ich meinen Hass gegen Wolfram Engel immer wieder in mir geschürt habe, war ich vor einem halben Jahr an einen Punkt gekommen, an dem es mit dem Hass nicht mehr weiterging. Alles, was ich über ihn gesammelt hatte, war nur noch Ballast in meinen Aktenordnern. Warum war das so? War seine Tat mit den Jahren weniger schwerwiegend geworden? Nein!

War in mir nicht mehr genug Wut? Nein!

Die Antwort ist simpel: Er war zu weit weg.

Wenn das Objekt von Hass, wie auch das von Liebe, räumlich über zu lange Zeit von seinem Subjekt getrennt ist, verliert sich das Gefühl zwar nicht, aber seine Intensität wird geringer.«

Alfons Koop warf einen fast verzweifelten Blick zu Fischer. Der rollte kurz beruhigend mit den Augen. Rosi räusperte sich. Dellworm hüstelte.

Rodalke sprach weiter. »Obwohl er immer öfter in den Medien erschien, war er weit fort. Es gibt so viele Zauberkünstler und Spaßmacher, es wird landauf, landab, wie sagt man – performt. Da geht selbst einer wie er im Wust der Informationen unter. Selbst bei einem wie mir, dessen Antennen eigentlich immer auf ihn gerichtet waren und sind.« Er wurde lauter, steigerte sich wieder in seine Wut hinein.

»Und als klar war, dass er kommt, nicht nur nach Worms, sondern sogar hierher, um sich filmen zu lassen, an diesem Platz, da wusste ich, dass ich zum finalen Schlag ausholen muss.

Dabei konnte mir nur mein treuer Freund Peter helfen. Ich wollte unbedingt, dass die wichtigsten Menschen, die damals anwesend waren, wieder dabei sind. Das sind außer Engel, Peter und mir selbst Lui Fischer und seine Freundin Gerhild Majewsky. Vielleicht kannst du das Weitere berichten, Peter. Du machst das etwas volkstümlicher als ich. Ich möchte nicht, dass uns der Herr Koop noch wegdämmert.«

»Wegdämmert, ich?« Man hörte das bekannte Schmatzgeräusch, welches entsteht, wenn ein Kurzzeitschlafender erwacht und sofort spricht. Fischer grinste.

Dellworm übernahm jetzt den erzählerischen Faden von seinem Freund Rodalke.

»So richtig heiß wurde mein lieber Heiner auf die Sache, als sich der Strauss vom RLPN bei ihm meldete, um ihn für den Film über Engel wegen des Mordes zu interviewen.

Heiners Einstellung ist ja nun jedem von Gernsheim bis Eich bekannt, trotzdem besitzen die die Tollkühnheit, bei Heiner um ein Interview nachzufragen, wo es doch augenscheinlich um eine Art Werbeveranstaltung für Engel geht. Das muss man sich mal auf der Zunge zergehen lassen.

Und da sagte sich Heiner: Gut, aber zu meinen Bedingungen. Er machte den Zauber mit, ließ sich reichlich dafür bezahlen, sagte seine Meinung mit etwas angezogener Bremse und bereitete unabhängig von dem Engelfilm mit Strauss einen eigenen Film vor. Mit allen Beteiligten von damals und mit der endgültigen öffentlichen Entlarvung Engels als Giselas Mörder.« Dellworm wandte sich Fischer zu.

»Ich sollte dich anrufen, Lui, um dich für unseren Plan zu gewinnen. Als mir Fräulein Blum, Entschuldigung, Frau Blum natürlich, sagte, dass du aus dem Geschäft bist, war ich etwas perplex. Ich hoffte aber, dass es über Frau Blum doch noch eine Möglichkeit geben würde, an dich, Lui, zu kommen, also tat ich so, als wollte ich sie als Aufpasserin engagieren, um den armen Heiner vor sich selbst und seinem Hass zu schützen.

Wir schlossen uns mit Strauss kurz, damit Frau Blum richtig eingewoben wurde in den Fall, präsentierten ihr, quasi von der falschen Seite her, Heiner persönlich als Medienkasper, der sich für den Verrat an der eigenen Sache auch noch bezahlen lässt. Dann hatte er sie allein beim Wickel, zeigte ihr den Schauplatz nebst originalem Polizist und deckte sie mit Akten ein. Wenn das keine Motivation war, Lui herbeizuschleppen. Als wir erfuhren, dass er wieder mit Gerhild zusammen ist, war das Glück vollkommen. Denn dann bestand auch die Möglichkeit, sie zu gewinnen.«

Rosi suchte Augenkontakt zu Fischer.

»Aber das alles schien sich schwieriger zu gestalten, als wir angenommen hatten. Frau Blum hatte mir zwar erzählt, dass du, Lui, dich noch in der Gegend aufhältst, aber nicht mehr dienstlich ansprechbar bist. Mannheim ist nicht weit, dachten wir uns, das kann ja so schwierig nicht sein.

Aber es klappte nicht. Und deshalb haben wir zum letzten Mittel gegriffen. Solidarität. Wenn es einem Freund schlecht geht, wird der andere versuchen, ihm zu helfen.«

Fischer sagte ruhig: »Jetzt ist mir Folgendes klar: Egal, wie die Sache ausgeht, die Anklage gibt's. Weiter.«

Alle nahmen diese Erklärung ruhig hin. Rosi und Rodalke nickten dabei, dann sprach Dellworm wieder: »Jedenfalls sind jetzt alle wichtigen Leute beisammen. Bis auf Gerhild Majewsky. Schade.«

Alfons Koop, der Gerhild erst kurz vor der Hochzeit kennengelernt hatte, sagte: »Majewsky, wieso Majewsky?«

Rodalke sagte: »So heißt sie doch, nicht wahr, Lui?«

Fischer warf seinem Freund einen bösen Blick zu, sah zu Rosi hinüber und machte das wahr, was er vorhin gegenüber Dellworm angekündigt hatte.

»Nein, so heißt sie nicht. Sie heißt Fischer. Seit Kurzem erst. Seit uns klar wurde, dass wir bis zum Schluss zusammenbleiben wollen. Mein Freund Alfons hier war Trauzeuge.«

Rosi sah aus, als habe sie soeben erfahren, dass Kurt Beck und

Roland Koch definitiv eineiige Zwillinge sind. Sie saß da mit offenem Mund und sah ausnahmsweise einmal ausgesprochen dümmlich aus. Das fand sogar Alfons.

Fischer machte weiter. »Gerhild wartet nicht in Husum, wie meine Bekannten und Verwandten glauben, auf mich, sondern sie ist seit Freitag in Mannheim, um bei mir zu sein, wenn ich mich am Montag operieren lasse.«

»Morgen?! Woran?« Rosi klang schrill.

»Schwarzer Hautkrebs, Oberschenkel außen. Tut im Augenblick nicht weh. Keine weiteren Kommentare. Wie habt ihr euch das vorgestellt mit Engel?«

30

Backfischfest in Worms. Die Radiomoderatorin verkündete: »Das ist nicht einfach ein überdimensionaler Jahrmarkt, sondern ein jährlich wiederkehrendes Großereignis. Ein Event, wie man heute sagt.

Es tritt, wenig bescheiden, mit dem Anspruch an, ›Das größte Wein- und Volksfest am Rhein‹ zu sein. Alles, was in der Region ausreichend Spendengelder zum Ausgeben bereitliegen hat, wirkt als Sponsor des Festes, das 2008 sein 75-jähriges Bestehen feierte.

Von einem Samstag über die gesamte darauffolgende Woche bis zum nächsten Sonntag, Ende August, Anfang September, dauert die gigantische Feier auf der Wormser Kisselswiese. Der Betrieb mit Fahrgeschäften, Restauration und diversen Veranstaltungen beginnt täglich um 14 Uhr und dauert bis 2 Uhr. Es gibt am ersten Sonntag einen Umzug durch die Wormser Innenstadt und am letzten Sonntag das bekannte Fischerstechen und das sogenannte große Höhenfeuerwerk. Jeden Tag finden zwei ganz spezielle Shows im *Festsaal Nibelungen* im ›Hagenbräu‹ am Rhein statt.«

Leberecht hörte die dritte Wiederholung dieses Beitrags in einem öffentlich-rechtlichen Sender, während er auf der alten, wieder eröffneten Nibelungenbrücke über dem Rhein stand und hinunter auf das Treiben vor dem Hagendenkmal starrte.

»Einer der Höhepunkte des traditionellen Backfischfestes ist das sogenannte Fischerstechen.«

Dieser Hinweis der Moderatorin brachte Leberecht dazu, sich auf den Weg zum Floßhafen zu machen. Langsam ging er los. Die Knochen schmerzten ihm, als wäre er zuviel Fahrrad gefahren. Gott sei Dank ließen ihn im Augenblick seine Steine in Ruhe. Er verließ die Brücke über die Treppe, die ihn hinunter zum Rhein führte. Über den Ohrstöpsel seines Players belehrte ihn die Moderatorin weiter über das Fischerstechen.

»Es entstand aus einem mittelalterlichen Fischerbrauch und war von Anfang an ein ausgelassenes, im Grunde friedliches Kräftemessen, in dem Ausgelassenheit und die Lust am kämpferischen Spiel die Hauptsache waren.

Der ernste Hintergrund dabei aber waren die Bitte um das Vertreiben böser Wassergeister und Zauberer – und der Wunsch nach reichen Fängen.

Über viele Jahrzehnte stand das Wormser Fischergewerbe in voller Blüte.

Es geht bei dem Fischerstechen um einen Wettkampf zwischen zwei Mannschaften, der auf geruderten Booten ausgetragen wird.

Die Mitglieder der gegnerischen Mannschaft sollen mittels einer Lanze von ihren Booten ins Wasser gestoßen werden.

Worms kann sich damit brüsten, die älteste deutsche Fischerzunft zu besitzen. Das Brauchtum der damaligen Fischer wurde in die Gegenwart übertragen und neu bewertet.

Das Fest findet in ähnlicher Form wie in Worms auch im europäischen Ausland statt, dort besonders in Frankreich.

Austragungsstätten von Fischerstechen in Deutschland sind unter anderem Ulm, Bamberg, Langenargen am Bodensee und Friedrichshafen. In räumlicher Nähe zu Worms sind noch Bad Kreuznach, Mainz, Nierstein und Gernsheim zu nennen.«

Leberecht versuchte sich zum Floßhafen durchzukämpfen. Er kam schlecht vorwärts, und je mehr Schwierigkeiten ihm seine Beine machten, desto mehr verließ ihn die Lust, sein Ziel überhaupt erreichen zu wollen.

Es war viel wichtiger, nach dem Fischerstechen zu Engels letztem Auftritt zu kommen. Er blickte auf seine Uhr. Nach 14.30 Uhr. Die hatten schon angefangen.

Wie zur Bestätigung hörte er Anfeuerungsrufe vom Floßhafen her.

»Das Fischerstechen wird in der heutigen Zeit von den Wormser Wassersportvereinen ausgetragen, wie zum Beispiel der Abordnung Fischerwääd, der Feuerwehr, dem EWR und vielen mehr, bis zu 16 Vereinen.

Seit 2008 ist das Stadtmarketing Nibelungenstadt für die Organisation des Rahmenprogramms zuständig.«

Leberecht mochte nicht mehr laufen. Die Rufe vom Floßhafen wurden lauter, schwollen zu einem ohrenbetäubenden Gebrüll an, ebbten ab, wurden wieder laut ...

»Die Akteure, die einige Probeläufe hinter sich haben, ziehen am Backfischfestsonntag von der Großen Fischerweide her in Richtung Rhein. Zur weißen Hose tragen sie ihre jeweiligen Vereinsfarben.

Dass dem Alkohol, sowohl bei Proben als auch später im Floßhafen, heftig zugesprochen wird, ist kein Geheimnis.«

Leberecht drehte um. Aber gegen den Strom zu gehen, war noch schwerer, denn es strömten immer noch sehr viele Menschen vom Festplatz und vom Rheinufer her zum Floßhafen.

Es war günstiger, zurück zum »Hagenbräu« zu gehen. Es würde etwas geschehen, wie er diesen Rodalke einschätzte. Und da wollte er in der ersten Reihe sitzen.

Es dauerte lange, bis er wieder am Rheinufer war. Vor dem Hagendenkmal ließen sich gerade wieder einmal die obligatorischen Japaner fotografieren.

Leberecht schleppte sich zum »Hagenbräu«. Unter dem überdachten Freiraum vor dem eigentlichen Gastgebäude waren sogar noch einige Plätze frei.

Er sah das Plakat mit dem Bild Engels. Der Tod. Graublau, finster, schön. Und dann dieser farbige Kontrapunkt, die winzige Clownsnase.

Leberecht war sich sicher, dass Engel überhaupt keinen Humor besaß. Dass er aber vom Tod viel Ahnung hatte. Und das faszinierte ihn. Hatte ihn von Anfang an fasziniert.

Er setzte sich. Schaltete das Radio aus, just als die Moderatorin die genauen Regeln des Fischerstechens im Detail erklären wollte. Bestellte einen Espresso.

Er war sehr erschöpft. Aber das hier würde er noch mitnehmen. Was hatte eigentlich Rodalke vor? Der schien wirklich zu glauben, Engel sei es gewesen. Nun, Leberecht wusste es besser. Nicht dass er mit Sicherheit sagen konnte, wer das Messer zwischen Gisela Rodalkes Schulterblätter gestoßen hatte. Dass es Engel nicht war, dessen war er sich aber sicher.

Er hatte einen anderen Trumpf. Den konnte er heute noch ausspielen. Engel sollte wissen, dass er ihn fürchten musste, aber dennoch würde er sein Wissen anderen gegenüber nicht einsetzen.

Dazu war Engel eine zu wichtige Figur in seinem Leben geworden. Seit jener Nacht beim Fischerfest in Gernsheim.

Das Messer.

Die Art, wie Engel auf den Arzt reagiert hatte. Diese sanft gesprochene Warnung, als der Arzt das Messer angefasst hatte, ohne vorher um Erlaubnis zu fragen. »Legen Sie es wieder hin, wenn Sie es nicht im Körper haben wollen.«

Genau diese Stimmlage machte auch den wirkungsvollsten Teil seiner Auftritte aus.

»Killing me softly.« Halb gesprochen, halb gesungen.

Wie er diese Stimme liebte! Wenn ihn, Leberecht, demnächst der Sensenmann holen würde, sollte er mit dieser Stimme sprechen. Das würde es ihm leichter machen.

Leberecht kicherte. Sein Espresso wurde serviert, er trank sofort, verbrannte sich die Lippen.

Er sah hinüber in den Raum, in dem das hauseigene Bier gebraut wurde, zum Kessel und der Theke davor.

Da sah er Sascha, den Freund dieses Mädchens, das mit dem Fernsehteam und Engel unterwegs war. Er stand ganz nahe an einem Plakat des Gruselclowns. Den hatte Engel doch gewarnt, sich noch einmal auf dem Gelände blicken zu lassen.

Und da war er wieder. In einem Spiderman-T-Shirt. Er wirkte gepflegt. Im Gegensatz zu seinen letzten beiden Auftritten. Das Einzige, was an gestern erinnerte, war das kleine Pflaster über dem Kehlkopf.

Scheinbar war er wieder nicht betrunken. Leberecht erinnerte sich an beide Zusammentreffen des Burschen mit Engel. Beim ersten Mal war er betrunken gewesen, beim zweiten Mal nicht.

Da hatte er schon auf Drogen getippt. Das war wohl jetzt nicht anders, bei dem kühlen Selbstbewusstsein, das Sascha ausstrahlte.

Gestern war seine Angst vor Engel und seinem Messer echt gewesen. Im Normalfall hätte sich so ein Typ tatsächlich nicht wieder hergetraut.

Aber jetzt war er da, und die Tatsache, dass er in dem Lokal wartete, in dem Engel nachher auftreten würde, zeigte, dass er sich stark genug fühlte.

Leberecht stand auf und ging zu ihm hin. Er nahm die Espressotasse mit und stellte sie auf die Theke am Braukessel.

»Sie sind Sascha, stimmt's?«

»Wer will das wissen?«

»Mir gehört die Geisterbahn. Die ›Schwarze Witwe‹.«

»Lassen Sie sich mal 'ne moderne kommen. Das Ding ist veraltet.«

»Entschuldigen Sie, dass ich Sie anspreche, junger Mann, Ihre Freundin heißt Tina, nicht wahr?«

»Sind Sie ein Bulle?«

»Sehe ich so aus?«

»Nee!«

»Ich bin ein Bekannter von Herrn Engel.« Er holte tief Luft. Er wusste nicht, ob ihm dieses Bekenntnis Ärger einbrachte oder nicht.

»Engel? Ist das der ...« Sascha wies mit dem Daumen auf das Plakat.

Leberecht nickte. »Ja, das ist er. Er ist ziemlich flink mit dem Messer, finden Sie nicht?«

»Er hält sich für Gott«, sagte Sascha.

Leberecht wollte ihm widersprechen, aber er wusste, dass Sascha das falsch verstanden hätte.

»Ich werde mir mal angucken, was der so auf der Bühne macht«, sagte Sascha, »warum von dem alle so schwärmen.«

»Und dann?«

»Und dann kriegt er dermaßen was aufs Maul, aber so dermaßen, das sag ich Ihnen.«

»Aha, das ist eine vielversprechende Strategie.«

»Verarschen Sie mich nicht, Alter.«

»Wie käme ich dazu?« Leberecht leckte sich die Lippen. »Ich möchte Sie nur allen Ernstes warnen. Herr Engel muss wörtlich genommen werden. Wenn der sagt, er reißt Ihnen den Hintern zehn Zentimeter weit auf, dann wird er das genau so tun, da können Sie nachmessen.«

Sascha bestellte sich ein Mineralwasser.

»Ich bin vorbereitet. Diesmal kann er mir mit seinem Messerchen nicht imponieren.«

»Imponiert hat Ihnen nicht das Messer, sondern seine Stimme und seine Augen.« Leberecht fixierte Sascha. Der sah erst weg, dann wagte er es halbherzig, Leberechts Blick zu begegnen. Wenn die eben noch zur Schau gestellte Selbstsicherheit nur bei der Erwähnung von Engels Augen oder dessen Stimme bröckeln konnte, wie schnell musste sie dann verschwunden sein, wenn es zur Konfrontation mit dem Mann selbst kam?

Leberecht winkte Sascha mit dem Finger herbei, wie die Knusperhexe Hänsel lockte. »Er hat sein Messer schon gebraucht!«, raunte er und lobte sich. Seine Stimme war auch nicht ohne. Etwas rau, etwas knarzig. Früher hatte er die Hälfte der Texte seiner Geisterbahnmonster, Gnomen und Werwölfe selbst auf Band gesprochen.

»Sie meinen die Tussi von Gernsheim? Die haben doch rausgekriegt, dass er es nicht war, denke ich. Hab ich jedenfalls gestern gehört. Früher wusste ich ja gar nicht, wer der Kerl überhaupt ist, bis er sich an Tina rangemacht hat. Scheiße!« Er trank von seinem Mineralwasser.

»Ich weiß nur, dass er sehr wohl weiß, wie er mit einem Messer umgehen muss, und dass er es schon getan hat. Ich wollte Sie nur warnen, junger Mann.«

Sascha sah nun auf seltsame Weise erwachsen aus. »Bernd ist im Floßhafen beim Fischerstechen.«

»Bernd?«

»Mein Bruder. Ich wollte dabei sein. Aber dieser Engel hat mir wirklich Angst gemacht. Jetzt im Augenblick ist das Fischerstechen. Gerade jetzt. Und ich hocke hier und trinke mir mit Mineralwasser Mut an. Ich muss die Rassel abhaben.«

Er wandte den Kopf zu dem Mann an der Theke. »Ein Pils!«

31

Edgar Zimmermann war stolz auf das Plakat, das ihm überall auf dem Backfischfestgelände begegnete. *Der Hofnarr des Teufels* war tatsächlich wirkungsvoll. Er war froh, dass er sich heute einmal aus seinem Atelier loseisen konnte, um wenigstens das Fischerstechen und eine Vorstellung seines Kunden Wolfram Engel anzusehen.

Edgar war zwar nicht derjenige in seinem Alzeyer Atelier, der dieses tolle Plakat entworfen hatte, aber es war sein Stall, aus dem es kam. Außerdem hatte die vielversprechende, junge Grafikerin über Internet eng mit dem Manager von Engel zusammengearbeitet.

Ihm war erst zu einem späten Zeitpunkt der Zusammenarbeit aufgefallen, dass es sich um den Engel handelte, der in einen Mordfall verwickelt war, in dem sein Onkel Lui 1997 eine gewisse Rolle gespielt hatte.

Aber das konnte er trennen. Und er würde sich ihn mit seiner Frau Susanne auch gern ansehen, ohne dabei an Lui zu denken. Aber vielleicht war es ja gut, dass Lui auf dem Weg zu Gerhild in den hohen Norden war, und nicht mehr an damals erinnert wurde. Er hatte genug mitgemacht in den letzten Jahren. Obwohl auch jetzt irgendetwas nicht stimmte. Er fühlte das. Rosi Blum, eine gute Freundin, war auch dieser Meinung, sie hatten miteinander telefoniert.

Susanne knuffte ihren Mann in die Seite. Sie standen so, dass sie nur einen Teil des Floßhafens sehen konnten. Sie waren so eingezwängt zwischen den anderen Zuschauern, dass Edgar froh war, seinen Sohn Edgar junior zu einem Freund in den Taunus geschickt zu haben.

Er bemühte sich, etwas von dem Kampf mitzubekommen, der gerade stattfand. Susanne knuffte ihn noch einmal.

Edgar sah zwischen hüpfenden Halbwüchsigen hindurch zwei Nachen aufeinander zugleiten. Ausgestattet mit zwei Rudergängern und einem Stecher nahmen sie Fahrt auf. Die Kämpfer hörten auf die martialischen Namen *Weißhai* und *Klabauter*.

Jeder der im Boot auf einer über den Bug herausragenden Plattform aufrecht stehenden Kämpfer trug eine ungefähr drei Meter fünfzig lange Lanze. Die Spitze war mit einer Plastikkugel versehen.

Edgar faszinierte das Geschehen, aber immer dann, wenn er einer Bewegung folgen wollte, schob sich wieder jemand vor seine Augen und raubte ihm die Sicht. Dazu der ohrenbetäubende Lärm und das ständige Knuffen Susannes. Das musste blaue Flecken geben. Jetzt kniff sie ihn sogar.

Edgar wurde ärgerlich. Susannes Kopf war jetzt ganz nahe bei seinem. Ihr Mund an seinem Ohr. Sie schrie etwas, das er kaum hören konnte. Es klang wie: »Kneif mich!«

Am liebsten hätte er zurückgeschrien: »Wieso, du kneifst mich, es reicht, wenn einer von uns spinnt.« Aber diese Aktion hätte erfordert, dass er versuchte, seinen Mund an ihr Ohr zu bekommen, und das war schlicht unmöglich.

Aber Susanne war stur. Sie kniff und brüllte weiter. »Hast du sie gesehen?«

Wen soll ich gesehen haben, hätte Edgar gern zurückgefragt.

»Hast du sie gesehen?«, wiederholte Susanne.

Er fühlte ihre Hand im Gesicht. Sie tastete sich über seine Nase zur Stirn. Edgar war fassungslos. Seine Gattin versuchte ihm buchstäblich den Kopf zu verdrehen. Und zwar nach rechts.

Dabei brüllte sie wieder. »Das kann doch gar nicht sein, oder?«

Edgar wusste nicht, was gar nicht sein konnte, aber er bemühte sich, außer dem jungen Mann, der gerade ins Wasser fiel, irgendetwas Spektakuläres zu sehen, was Susanne meinen könnte.

Das allgemeine Schreien sprengte alle gesetzlich vorgeschriebenen Lautstärkenormen.

Edgar versuchte etwas zu entdecken. Susannes Hand drehte immer noch an seiner Stirn herum.

Flirrende Luft, ekstatisch zuckende und hüpfende Körper. Dunkle Flecken vor seinen Augen. Die Köpfe aller waren nach vorn gerichtet.

Doch jetzt sah Edgar ein Gesicht. Völlig unpassend. Der Blick der Frau dort vorn war nicht auf das kämpferische Geschehen gerichtet – sie schien sich nach jemandem umzusehen.

»Hast du sie?«, brüllte ihm Susanne ins Ohr. Kurz wehte ihr langes, blondes Haar vor seine Augen.

Edgar brüllte zurück. Er vergaß dabei allerdings, dass sein Mund meilenweit von Susannes Ohr entfernt war.

»Das glaub ich nicht«, brüllte er.

Er und Susanne hatten also recht gehabt. Es stimmte etwas nicht im Universum seines Onkels Lui. Wieso hätten sie sonst gerade seine Freundin Gerhild beim Fischerstechen in Worms entdeckt?

32

Annie Perrak trug ein rotes Kleid. Ihr schwarzes Haar ruhte unter einer üppigen Blondhaarperücke. Unterstützt von detaillierten Angaben Heiner Rodalkes und vielen Fotos war es der Maskenbildnerin des RLPN gelungen, eine optisch bestechende Kopie von Gisela Rodalke zu erstellen. Sie versteckte sich in einem Nebenraum, zusammen mit Rodalke und Dellworm.

Fischer saß mit Rosi und Alfons am linken Rand der ersten Reihe im Festsaal des »Hagenbräu«. Rosi thronte zwischen den beiden Männern. Das Programm lief.

»Killing me softly.«

Da war alles wieder: Engels Sprechgesang. Seine Kreisbewegungen. Die Zauberkunststücke. Die rote Nase.

Die Show war modifiziert worden. Moderner, schneller. Aber im Grunde war es die gleiche Show wie damals. Und es ging die gleiche Faszination vom *Hofnarren des Teufels* aus wie an dem Tag, an dem Gisela sterben musste. Als er Engel vor seinem Auftritt nach so vielen Jahren wiedergesehen hatte, in der schwarzen Lederjacke hinter der Bühne, da war Fischer klar geworden, dass er in seiner Zeit nach dem Ausscheiden bei der Polizei eine Art Schutzschild um sich gebraucht hatte. Ein Image. Etwas düster, etwas geheimnisvoll. Und er hatte sich unbewusst die schwarze Lederjacke Engels ausgeborgt.

›Bist du nicht mal Kerl genug, dir dein eigenes Geheimnis aufzubauen?‹

Engel schien ihn von der Bühne aus anzusehen. Nur ihn. Wie damals.

Fischer hatte sich mit Rosi unterhalten, nachdem die den ersten Schock überwunden hatte. Und den Zorn darüber, nicht eingeweiht gewesen zu sein.

Sie war nicht so begeistert von Engel. Für sie besaß er dieses Charisma nicht, das er für viele andere hatte. Selbst Alfons fand Engel zumindest interessant, nur Rosi schien immun zu sein.

Wer geglaubt hatte, dass sie bei der Show ihre Einstellung zu dem dunklen Mann auf der Bühne ändern würde, brauchte nur ihr Profil anzusehen, was Fischer jetzt tat.

Abschätzender und im selben Maße gleichgültiger konnte keiner einen Bühnenkünstler betrachten.

Bei seinem Seitenblick auf Rosi fing Fischer einen Blick von Alfons Koop auf, der ebenfalls nicht Engel ansah, sondern Rosi, aber bei ihm war es verständlich.

Fischer wunderte sich, dass er zurzeit keine Schmerzen hatte.

Aber jetzt waren andere Sachen wichtiger.

Er hatte sich in den letzten Stunden so gut es ging in den Fall eingearbeitet, hatte mit Rosi und Alfons die Akten durchgewälzt, die Rodalke Rosi gegeben hatte.

Zusätzlich hatten sie im Internet nach Informationen über Engel geforstet, aber auch nach Heiner Rodalke, Peter Dellworm und nach diesem Geisterbahnbesitzer Leberecht, den Rosi gestern in Gernsheim am Tatort bei den Dreharbeiten gesprochen hatte.

»Killing me softly with this Song.«

Leberecht war da. Saß weiter hinten. Rosi hatte ihn Fischer gezeigt. Er saß in der Nähe dieses Mädchens, das ihm Annie Perrak vorhin als größten Wormser Engel-Fan vorgestellt hatte. Tina Vowinkel. Sie trug einen Hosenanzug.

Im hinteren Teil des Raumes stand die Kamera, und neben den

Beleuchtern und dem weiteren RLPN-Personal verfolgte Kenneth Strauss das Geschehen.

Fischer fragte sich, ob er richtig handelte. Das heißt, eigentlich wusste er, dass sein Handeln falsch war. Warum hatte er keine Verbindung zur Polizei aufgenommen?

Wie war da überhaupt die Zuständigkeit? Der Mord an Gisela war in Hessen geschehen, hier war man in Rheinland-Pfalz.

»Mord ist etwas Überregionales«, hatte ein früherer Ausbilder zu ihm gesagt, aber das brachte ihn nicht weiter.

Rosi hatte ihn bestärkt in seinem jetzigen Verhalten. Im weitesten Sinne hielten sie sich an das, was sie mit Rodalke, Dellworm und Strauss besprochen hatten. Bis zu einem gewissen Punkt.

Bei einer Sache waren sie sich einig. Gerhild sollte rausgehalten werden. Sie konnten beide Rodalke verstehen, aber diesen Teil seines Wunschzettels sollte er doch nicht erfüllt bekommen.

Deshalb fiel Fischer fast vom Stuhl, als er Gerhild mitten in der Vorstellung in den Nibelungensaal des »Hagenbräu« kommen sah. Und sie war nicht allein.

Er rammte Rosi den Ellbogen so in die Seite, dass sie japste und Alfons einen kritischen Blick bekam. So konnte nur jemand aus der Wäsche gucken, der verliebt war und seine Angebetete in Gefahr wähnte.

»Gerhild, Edgar, Susanne«, zischte Fischer in Rosis Ohr.

»Scheiße!«, zischte sie zurück.

Das Mädchen Tina machte ein ungehaltenes Gesicht, wegen der Störungen.

Die Neuankömmlinge hatten sich neben die Türe, in die Nähe des Fernsehteams, gestellt, denn Stühle gab es keine mehr.

Gerhild entdeckte Fischer. Ihr Gesicht zeigte so deutlich ihre Sorgen um ihn, dass er sich schämte. Er hätte nicht aus dem Krankenhaus verschwinden dürfen, zumindest nicht, ohne sie zu informieren.

Der Mann auf der Bühne sagte: »Das Lachen im Grauen gilt es zu entdecken. In jedem Tod kann sich Leben verstecken.«

Mit diesen Worten zauberte er aus einem kleinen, weißen Papiersarg, den er vorher leer gezeigt hatte, eine kleine, weiße Maus, die einen winzigen, roten Punkt auf der Nase hatte.

»Killing me softly.«

Gerhild zeigte einen ihrer scheuen Winker aus der Hüfte. Edgar und Susanne sahen böse aus.

Dass die beiden auf dem Backfischfestgelände waren, erschien ihm logisch. Susanne mochte solche Festivitäten. Und dass die beiden hier landeten, hätte er sich spätestens dann denken können, als er gesehen hatte, dass Engels Plakat von der Agentur Edgar Zimmermann aus Alzey stammte.

Ein nicht uninteressanter Nebenaspekt daran war übrigens, dass er, Fischer, an diesem Plakat mitverdiente, was ihm jetzt klar wurde, als er Edgar sah, der wild entschlossen wirkte, ihn aus seinem Leben zu streichen.

Also, es gab eine Erklärung für die Anwesenheit des Paares Zimmermann.

Aber wie zum Teufel kam Gerhild hierher?

An Rosis Gesicht vorbei sah er Alfons. Auch der hatte die Hereinkommenden bemerkt. Aber er war bei Weitem nicht so erschrocken darüber wie Rosi.

Das würde er erklären müssen.

Er überlegte, ob er aufstehen und zu Gerhild gehen sollte.

Der dunkle Clown trat jetzt dicht an die Rampe und sagte: »Lebe, Bajazzo, lächle, Bajazzo, sterbe, Bajazzo, lächle, Bajazzo.«

Damit ließ er die Maus verschwinden und statt ihrer tauchte in dem kleinen, weißen Sarg eine dunkelrote Rose auf.

Die Melodie von »Killing me softly« als Instrumental wurde lauter. Die Lichter kreisten den *Hofnarren des Teufels* noch einmal ein, provozierten donnernden Applaus und verloschen, während sich gleichzeitig der Vorhang schloss.

Es gab eine Zugabe.

Wolfram Engel stand in der Mitte der Bühne und nahm die rote Nase ab.

Er warf sie in die Luft, und während er warf, waren da plötzlich eine weitere rote Nase und noch eine und noch eine. Schließlich jonglierte er ohne Musik und zusätzliche Lichteffekte mit vier kleinen, roten Nasen.

Selbst Rosi applaudierte.

33

Annie Perrak schwitzte in dem roten Kleid unter der blonden Perücke. Nun musste sie sich nicht mehr verstecken.

Der Saal hatte sich erst halb geleert.

Fischer war zu Gerhild gegangen. Beide hatten kurz den Kopf geschüttelt. Für Erklärungen war jetzt keine Zeit.

Edgar und Susanne schienen dennoch darauf zu warten.

Rosi und Alfons standen links und rechts von der Bühne. Immerhin wurden sie als Bodyguards bezahlt.

Strauss, der die Kamera abgeschaltet hatte, gab dem Kameraoperateur ein Zeichen, dann lief sie wieder, auch das Bühnenlicht flammte erneut auf, diesmal grell. Der Vorhang öffnete sich.

Engel, der auf der Bühne seine Requisiten zusammensuchte, blickte überrascht und verärgert in den Saal, musste der Scheinwerfer wegen blinzeln.

Er richtete sich aus gebückter Haltung auf und sagte: »Kann mir das jemand erklären?«

Auch der Besitzer des Lokals schien nicht eingeweiht gewesen zu sein. Er tauchte vom Schankraum her auf und fragte: »Wieso ist der Vorhang wieder auf?«

Es gab einen kleinen Tumult an der Eingangstür, als sich Sascha und sein Bruder Bernd hineindrängten.

»Bernd hat gewonnen«, rief Sascha und hob den Arm seines Bruders hoch, als sei der ein Boxchampion.

Annie Perrak stöckelte schnell zur Bühne, erklomm sie und bewegte sich hüftschwingend auf Engel zu.

Der stand da wie erstarrt. Nicht wie in seiner Show, ruhig und sich seiner sicher. Nein, es sah aus wie die Starre des Todes.

Fischer murmelte vor sich hin. »Selten hat der Spruch mehr gestimmt: Ihm ist der Schreck in die Glieder gefahren.«

»Na, großer Zampano«, sagte Annie Perrak, die sich diesen Text von Rodalke hatte schreiben lassen, »wollen wir's noch mal treiben? Noch einmal? Nur würde ich diesmal gern überleben!«

Fischer fing einen Blick von Rosi auf. Nein, sie hätten beide diesem Zirkus nicht zustimmen dürfen.

»Holt ihn von der Bühne!«, johlte Sascha. »Holt ihn von der Bühne«, lallte sein Bruder Bernd und fügte hinzu: »Warum eigentlich?«

Rodalke erschien von hinten, er hielt ein Mikrofon mit dem RLPN-Emblem in der Hand. Er ging nach vorne und stellte sich unten links vor die Bühne. Dellworm folgte ihm im Abstand von einem Meter gemessenen Ganges, als würde er einen imaginären Schleier tragen.

34

Rodalke begann, als sei er der Chef-Verkünder aller heiligen Schriften, aller Religionen: »Die Wahrheit kommt immer ans Licht.« Der Ton war blechern und schepperte.

»Wie viel Zeit auch zwischen einem Verbrechen und der Entdekkung des Täters vergehen mag, wie sehr man sich auch hinter der trügerischen Hoffnung verstecken mag, dass ein Geheimnis niemals das Licht der Öffentlichkeit erblickt ..., die Gerechtigkeit wird siegen. Das gilt auch für Sie, Wolfram Engel. Noch heute werden Sie uns allen den Mord an meiner geliebten Schwester Gisela gestehen.«

Sascha hatte Tina erblickt. Er rannte auf sie zu. Sie flüchtete unwillkürlich nach vorn. Sprang an Rodalke vorbei auf die Bühne.

Bisher hatte ihr kurzer Filmauftritt, der ihr von Strauss, Perrak und Engel versprochen worden war, nicht stattgefunden. Die harmlose Bitte nach einem Autogramm wurde abgelöst von einem ungeplanten, dramatischen Spektakel. Der Kameramann des RLPN hielt weiter voll drauf.

Während Tina und Sascha auf die Bühne sprangen und sich Annie Perrak verwundert zu ihnen umdrehte, enterten Rosi und Alfons beinahe synchron von beiden Seiten die Bühne.

Annie schrie auf, als sie in Saschas Hand ein Messer aufblitzen sah. »Diesmal bin ich vorbereitet«, kreischte er und stürzte sich auf Engel.

Rosi sah die Gefahr, zumal sich Engel noch nicht rührte, und sprang auf Sascha zu.

Alfons war schneller, griff zu und brach Sascha den Arm.

Alle im Raum hörten das hässliche Knacken. Fischer fand, es hatte Ähnlichkeit mit dem Geräusch, das beim Brechen von Schulkreide entsteht.

Sascha brüllte vor Schmerz auf, fiel auf die Knie. Sein Messer schlitterte über die glatte Bühne.

Fischer ließ dieses Messer nicht aus den Augen. Er verständigte sich mittels eines kurzen Blickes mit Gerhild und setzte sich Richtung Bühne in Bewegung. Edgar und Susanne machten ihm schweigend Platz. Allerdings hüstelte Susanne empört.

Obwohl sein Adrenalinspiegel im Augenblick anderes zu tun hatte, nahm er seinen Oberschenkel gerade jetzt als sehr unangenehm wahr.

Sascha kniete vor Engel. Wimmerte vor Schmerz. Die Starre gab Engel die Aura einer Statue. Saschas Haltung wirkte dabei wie die eines reuigen Sünders. Jemand, der die Hintergründe nicht kannte, hätte genau diesen Eindruck haben können.

Wie sehr können doch Bilder trügen, dachte Fischer. Was würde Strauss mit seiner Kameraausbeute wohl anfangen?

Mit diesen Gedanken wollte Fischer auf die Bühne steigen. Das war normalerweise nicht schwer. Die Bühne war nicht hoch. Aber beim Heben des rechten Beins durchschoss ihn ein unglaublich greller Schmerz.

Sein Stöhnen vermischte sich für eine Sekunde mit dem des jungen Mannes, der auf den Knien vor Engel hockte. *Duo Infernal*, dachte Fischer. Alfons wollte Sascha aufhelfen, wusste aber nicht, wo er ihn in diesem Zustand anfassen sollte.

Fischer brach seinen Kletterversuch ab. Er hatte noch in Erinnerung, wie mühelos alle anderen hier raufgekommen waren. Alfons, Rosi, Tina, Sascha.

Im zweiten Anlauf schaffte er es. Aber nicht allein. Gerhild hatte seinen Versuch gesehen, war an ihm vorbei hochgesprungen und zog ihn nach oben.

Er war ihr zu dankbar, um sich in seiner Männlichkeit gekränkt zu fühlen. An Strauss' Kamera dachte er in diesem Moment nicht.

Er hatte das Messer die ganze Zeit nicht aus den Augen gelassen. Da lag es. Noch ein Meter.

Und während Tina zu den beiden Männern lief, die in den letzten Tagen völlig unerwartet um sie gekämpft hatten, riss sich Annie Perrak die blonde Perücke vom Kopf.

»Ein Irrsinn«, quietschte sie, »ein totaler Irrsinn. Und ich mache bei so was mit.« Sie stampfte auf, wie ein jähzorniges Kind, und stakste mit gerafftem Kleid auf den Bühnenrand zu.

Fischer bückte sich nach dem Messer. Klein, scharf, wie damals. Aber es besaß einen anderen Knauf.

Noch eine Hand wollte nach dem Messer greifen. Etwas weniger beherzt als er. Und eine dritte Hand, gleichzeitig. Er erkannte sie ohne aufzublicken. Gerhild, wahrscheinlich nur, um ihm zu helfen, dem armen, gebrechlichen Lui.

Ihre schlanke, hellhäutige Hand bot einen künstlerisch reizvollen Kontrast zu den braunen, teilweise schwieligen Händen der beiden älteren Männer.

Fischer war der Schnellste, brachte die Waffe an sich, richtete sich auf und sah den beiden anderen in die Gesichter. Gerhild und ... Peter Dellworm.

So musste sich das damals angefühlt haben: Das Messer fiel, mehrere Personen wollten es aufheben – aber nur der, der es wirklich an sich bringen wollte, konnte sich gegen die anderen hektisch und halbherzig grabschenden Hände durchsetzen.

Der Anblick der tödlichen Waffe – die Gunst des Augenblicks! Aber wer hatte sie damals genutzt?

Engel, der soeben enttäuschte Liebhaber? Mitten in dem Tumult? Ihm gehörte das Messer. Er hätte nicht abgewartet, bis zwei ihm fremde Männer auftauchten. Oder waren die Umstände doch etwas anders, als bisher angenommen?

Dellworm, der Mann, den Giselas Bruder gern als Schwager gesehen hätte? Der Dellworm, der eine Weinkönigin geheiratet hatte? Hatte er damals die Gelegenheit gesehen, sich an der Frau zu rächen, die ihm sicherlich schon öfter einen Korb gegeben hatte? Hatte er das Messer überhaupt in der Hand gehabt?

Den von ihm erfundenen Fremden, der ihn mit dem Messer in der Hand gesehen haben wollte, gab es ja nicht, das gehörte ja zu der Lügengeschichte, die Rosi nach Gernsheim locken sollte und die er auch Fischer auftischen wollte.

Die Rache Dellworms als Motiv? Wegen unerwiderter Liebe?

Fischer schüttelte innerlich den Kopf. Das passte nicht.

Wer hatte die Gunst des Augenblicks genutzt? Derjenige, der das stärkste Motiv hatte.

Diesmal war er derjenige mit dem stärksten Motiv gewesen. Er wollte das Messer in Sicherheit bringen, weil er eine unbestimmte Angst vor einer Wiederholung der Ereignisse hatte. Und es war gelungen. Er hatte beherzter zugegriffen als Gerhild und Dellworm. Der lächelte verlegen.

Fischer hielt das Messer auf der flachen rechten Hand und lächelte zurück. Gerhilds Hand schob sich unter seinen linken Arm.

Über dem Geschehen auf der Bühne dröhnte die Stimme Heiner Rodalkes, der sich durch nichts stören ließ. Er bearbeitete das Mikrofon weiterhin mit seiner Anklage. Er tat dabei so, als habe Engel bereits alles gestanden.

Fischer stellte sich vor, wie sicher sich dessen Rodalke beim Schreiben seines Textes gewesen sein musste. Obwohl, hatte er geschrieben oder diktiert?

»Fleischeslust«, sagte er gerade, »Fleischeslust, die heute gern als alltägliches Bedürfnis gesehen wird, das man genauso prompt befriedigen muss wie Hunger und Durst, war die Triebfeder Ihres Verbrechens, Herr Engel.«

Fischer fiel jetzt erst auf, dass Rodalke zwar seine schwarze Brille trug, aber dass er nirgends ablas. Er sprach auswendig. Alles war in seinem Kopf. Alles war in ihm drin. Der Hass, die Anklage!

»Triebhaftes Leben ist Leben ohne Verantwortung für andere. Für die Verwandten, für die Nächsten. Gisela führte so ein Leben.«

Das Motiv!

Dellworm hatte sich wieder neben Rodalke gestellt. Wie ein Jünger. Konnte der so unkritisch sein?

Gerhild klammerte sich an Fischers Arm fest. »Alle sind wir da. Eine kleine Armee von Gespenstern«, flüsterte sie schaudernd.

Rosi und Alfons hatten Sascha von der Bühne geführt. Ein Sanitäter war am Eingang erschienen. Tina hatte den immer noch starren Engel angesehen, einen Moment gezögert und war dann zum Eingang gelaufen. Zu Sascha.

Dort standen auch Susanne und Edgar.

Der Kameramann vom RLPN hielt sein Arbeitsgerät stur auf die Bühne gerichtet. Fischer beobachtete ihn und seinen Regisseur. Strauss' Kopf glühte vor Begeisterung. Das würde seine Karriere pushen, so oder so.

»Das Geständnis dieser Tat ist zugleich auch ein Bekenntnis zum Verlassen des Weges des Fleisches.«

Annie Perrak, noch im roten Kleid, betrachtete Rodalke und ging dann zu Strauss und sagte etwas wie: »Mach deine kranke Kacke doch allein.« Damit zwängte sie sich an dem Besitzer des Lokals vorbei Richtung Toiletten. Der hatte inzwischen die Schutzpolizei benachrichtigt.

Rodalke hielt das Mikrofon wie ein Sänger. Er wiegte sich beim Sprechen hin und her. Seine schwarze Brille tat ihr Übriges. Fischer beugte sich zu Gerhild und flüsterte: »Stevie Wonder auf Speed.«

Gerhild lachte nicht.

Rodalkes Stimme dröhnte blechern weiter: »Der Herr vergibt. Aber ich will dem nicht vergeben, der meine Schwester getötet hat. Ich sage mit dem Papst aus Wagners Tannhäuser: Ihm werde ebenso wenig Erlösung zuteil, wie sich der päpstliche Krummstab mit frischem Grün schmücken könne.«

»Der redet nicht von Engel.« Gerhild sagte das ganz leise. »Der meint sich!«

Fischer nickte. Gerhild bestätigte das, was er seit ein paar Sekunden selbst dachte. »Und ich Trottel mache diese Show mit.«

Er stieg von der Bühne, nicht ohne die Zähne zusammenzubeißen. Gerhild hinter ihm. In dem Augenblick, in dem Fischer Rodalke das Mikrofon wegnehmen wollte, betraten zwei uniformierte Polizisten den Raum.

Fischer hatte das Mikrofon bereits ergriffen, aber Rodalke ließ es noch nicht los. Angesichts der Polizisten bekam Rodalke noch einmal einen Energieschub und entriss Fischer das Mikro.

»Meine Herren! Hier ist er. Nehmen Sie ihn fest!« Seine Stimme kippte über.

Engel hatte sich bis zu diesem Moment nicht gerührt.

35

Leberecht war entsetzt. Warum tat der Kerl nichts? Stand da oben wie die Fleischwerdung eines Ölgötzen und tat nichts. Reagierte nicht auf den alten, verwirrten Mann. Sagte nichts zu seiner Verteidigung.

Innerhalb seines Bühnenprogramms mochte das ja eine eindrucksvolle Nummer sein, die er da abzog, aber unter diesen Umständen hier ...

Die Polizisten näherten sich der Bühne. Die wenigen Besucher, die noch im Saal waren, wichen ihnen aus.

Oben auf der Bühne, fast in deren Mitte, stand Engel. Links stand die kurzhaarige Frau, mit der er gestern am Wohnwagen gesprochen hatte. Rechts von Engel stand der Mann, der dem jungen Burschen den Arm gebrochen hatte. Beides Detektive. Sie bewachten Engel.

Warum musste der bewacht werden? Warum rührte der sich nicht?

Wolfram Engel war der *Hofnarr des Teufels*. Der musste nicht bewacht werden. Schon gar nicht vor dem verdrehten alten Mann mit der Sonnenbrille.

Wenn Engel jemand zu fürchten hatte, dann ihn, Dietmar Leberecht, Besitzer der Geisterbahn *Schwarze Witwe*. Ex-Besitzer! Seine Jungs schmissen den Laden. Er war hier nur dabei, weil er Engel sehen wollte. So lange hatte er ihn nicht mehr gesehen. Seit den Tagen von Gernsheim nicht.

Er erinnerte sich an den Vorgang des Mordes. Obwohl alles so blitzschnell ging, mit dem Messer. Die Hände, die danach griffen, die eine Hand, die plötzlich zustach. Er wusste bis heute nicht, wer es war. Aber er hatte in diesem Moment beide Hände Engels gesehen. Engel war es nicht. Es blieben nur zwei übrig. Rodalke und sein Freund Dellworm.

Oder doch ein Unbekannter?

Egal, darum ging es jetzt nicht.

Engel gab da oben keine gute Figur ab. Und das war nicht gut.

Der alte Mann hatte immer noch Gelegenheit, in das Mikro zu sprechen. Dieser Fischer, den er damals als Polizisten gesehen hatte, der versuchte zwar, ihm das Ding zu entreißen, aber Rodalke musste mehr Kraft haben, als man ihm ansah.

»Dort steht er, in seinem Todeskostüm«, rief er und wies mit großer Geste auf die Bühne. »Ja, das verkörpert er seit vielen Jahren: den Tod. Und alle applaudieren ihm dafür. Dabei zeigt er allen ganz deutlich, was er ist.«

Leberecht zitterte vor Wut. Wenn dieser Fischer es nicht schaffte, das alte Schandmaul zum Schweigen zu bringen, musste es ein anderer tun. Er marschierte auf den Bühnenrand los, wo er hinter den Polizisten ankam.

* * *

Gerhild wunderte sich über Rodalke. Den einen Moment, in dem er ihr ganz deutlich das Gefühl vermittelt hatte, dass er selbst den Mord begangen hatte und dass sich seine Hasstiraden gegen Engel im Grunde gegen sich selbst richteten, den hatte er vergehen lassen. Jetzt war wieder allein der dunkle Clown sein Objekt.

Warum schaffte Lui es nicht, ihm endlich das Mikro zu entreißen?

Lui war krank, das durfte sie nicht vergessen. Seine Seele litt mehr darunter als sein Körper. Das hatte ihr Professor Lück gesagt. Also, nicht vergessen: Lui ist nicht voll einsatzfähig. Und abgesehen von seiner Seele hat er auch tatsächliche, greifbare Schmerzen. Sie hatte sein Gesicht gesehen, als er auf die Bühne klettern wollte, oder später wieder hinunter. Er hatte sie als Stütze gebraucht.

Sie standen alle unten am Bühnenrand: Rodalke, Fischer, sie selbst und auch Dellworm.

Sie warf einen Blick auf den Architekten. Er hatte sie angerufen. Er hatte ihr von Rodalkes Plan erzählt. Hatte berichtet, dass er Rosi und Alfons in seine Gewalt gebracht habe, um Lui nach Gernsheim zu locken. Er hatte sich Alfons' Handy bedient, der die Telefonnummer ihres Hotels in Mannheim gespeichert hatte. Sein Anruf war sehr spät gekommen, eine halbe Stunde vor Beginn des Fischerstechens.

Weder Alfons noch Rosi waren die Gründe, warum sie zum Backfischfest gekommen war. Rodalkes Wunsch, sie dabeizuhaben, schon gar nicht.

Es zählte nur Lui!

Ein alter Mann schob sich hinter die beiden Polizisten, die beinahe den Bühnenrand erreicht hatten.

Jetzt gelang es Lui, das Mikro in seine Gewalt zu bringen.

Der alte Mann rempelte die Polizisten an, wollte sich vorbeidrängen.

»He, he, sachte!«, rief einer von ihnen.

Plötzlich ertönte eine ruhige, aber kräftige Stimme: »Lassen Sie ihn durch. Bitte!«

Gerhild drehte sich zur Bühne um. Engel hatte seine starre Position verlassen, war zwei Schritte nach vorn gekommen. Rosi und Alfons ließen ihn nicht aus den Augen.

Lui legte das Mikrofon auf den Bühnenboden. Rodalke schrie unartikuliert auf. Dellworm versuchte, ihm eine Hand auf die Schulter zu legen, wurde jedoch abgeschüttelt.

Die Polizisten machten keine Anstalten, den alten Mann auf die Bühne zu lassen.

»Ich möchte, dass Sie Dietmar Leberecht gestatten, auf die Bühne zu kommen«, sagte Engel. »Ich habe ein Geständnis zu machen.«

Einer der Polizisten drehte sich zu dem Fernsehteam um und machte eine Geste, die nur bedeuten konnte: Geräte aus!

Strauss wollte diskutieren, aber der Polizist führte seine gestreckte Hand in der Köpf-Geste zum Hals. Daraufhin hörte man ein lautes Klicken im Raum. Auch das Licht wurde etwas dunkler.

»Wenn Sie ein Geständnis abzulegen haben, dann kommen Sie bitte runter«, sagte der zweite Polizist.

»Nein!«, schrie der alte Mann, den Engel Leberecht genannt hatte. Irgendwie konnte sich Gerhild jetzt auch daran erinnern, den Mann schon einmal gesehen zu haben.

»Er gesteht!«, rief Dellworm und versuchte noch einmal, Rodalke anzufassen. »Hast du gehört, Heiner. Er gesteht.«

Rodalke riss sich wieder los, griff in die Innentasche seines Jacketts und holte eine Pistole hervor. Er drückte sie an Luis Schläfe.

Gerhild schrie auf.

* * *

»Waffen stecken lassen«, rief Rodalke den beiden Polizisten zu.

Fischer spürte den Druck der Pistolenmündung an seinem Kopf. Er hatte keine Angst. Jedenfalls keine zusätzliche. Er sah in diesem Augenblick an allen anderen vorbei zur Tür. Dort hielten sich Susanne und Edgar fest umschlungen.

War es nicht tröstlich, wenn sich jemand um einen sorgte?

Er dachte an die Akten, die er mit Rosi und Alfons durchgegangen war.

Lag in ihnen der Schlüssel zu den Antworten auf die offenen Fragen?

»Auf die Bühne«, kommandierte Rodalke. Fischer biss die Zähne zusammen, stieg hoch. Rodalke war wesentlich flinker als er.

Rodalke war nur zwei Meter von Engel entfernt. Fischer stand zwischen ihnen.

»Verschwindet, runter!«

Rodalke zischte Rosi und Alfons an. Die gehorchten mit leichtem Zögern.

»Sie wollen also gestehen«, sagte Rodalke.

Fischer schielte nach links zu Engel. Der drehte sich ihnen zu. »Ja, Herr Rodalke.«

»Das ... das ... geht nicht!«

»Doch, das geht. Ich gestehe einen Mord.«

»Das ist nicht möglich ...«

Fischer gönnte sich einen Spritzer Benzin ins Feuer. »Die ganze Zeit hast du es darauf angelegt, dass er gesteht, Heiner, und jetzt, wo er will, lässt du ihn nicht? Das ist nicht fair.«

»Lassen Sie mich«, sagte Engel, »es geht nicht um Ihren Mord, Herr Rodalke, es geht um meinen eigenen – und der hat mit Ihnen nicht viel zu tun.«

Leberecht, der alte Mann vor der Bühne, schrie: »Nein!«

Engel hockte sich plötzlich an den Bühnenrand. Ganz nahe bei dem Alten. »Es war lange nach dem Mord von Gernsheim. Eine Kneipenbekanntschaft. Das einzige, was sie mit Gisela Rodalke gemeinsam hatte, war die Haarfarbe. Aber ich bevorzuge ohnehin blonde Frauen.«

»Du musst es nicht sagen«, dieser Satz von Leberecht kam wie ein Flehen über seine Lippen. »Ich würde dich nicht ...«

»Ach, Dietmar.« Engel warf Leberecht noch einen Blick zu, dann stand er aus der Hocke auf und wandte sich direkt an Fischer: »Dietmar war mit mir in Gernsheim und vorher schon auf einigen anderen Festen. Er war neidisch auf meine gelegentlichen Affären. Er war ein Spanner, das wusste ich. In der bewussten Nacht habe ich ihn auch gewarnt.

Aber wie ich jetzt weiß, ist er mir dennoch zum Zelt gefolgt und hat zugesehen.«

Seine dunklen Augen hefteten sich jetzt auf Rodalke. Fischer spürte am Druck der Pistole an seiner Schläfe, dass Rodalke sehr nervös wurde.

»Es war nicht die Welt. Das haben wir beide so gesehen.«

Jetzt sah er wieder Fischer an. »Na, was dann passiert ist, wissen Sie.«

Rodalke stieß etwas aus, das wie ein Grunzen klang.

Engel fuhr fort, er sah jetzt nur noch Fischer an, als habe der das alleinige Recht, alles zu erfahren.

Fischer bemerkte aus den Augenwinkeln, dass Strauss jetzt hinter der Kamera stand. Es musste mit dem Teufel zugehen, wenn der jetzt nicht heimlich mitfilmte. Nur dass das Licht etwas spärlich war, nachdem die großen Scheinwerfer gelöscht worden waren.

»Dietmar Leberecht hat mir erst hier in Worms, bei unserem Wiedersehen nach so vielen Jahren, verkündet, dass er definitiv gesehen hat, dass ich Gisela Rodalke nicht erstochen habe.«

Rodalkes Grunzen wiederholte sich. Aber es klang anders als beim ersten Mal. Ungeduldiger!

»Hätte er das damals schon gesagt, hätte mich die Polizei viel früher aus ihrem Verdacht entlassen, als sie es sowieso tat.

Dietmar hat einen Narren an mir gefressen. Wenn Sie den Kalauer erlauben: Einen *Hofnarren*.«

»Sie dürfen ihn machen«, sagte Fischer. »Wer, wenn nicht Sie?«

Rodalkes Grunzen Nummer drei war ungehalten. Es drückte quasi kulturelle Kritik am Gesagten aus.

»Er hat meine Auftrittsorte über meine Homepage herausbekommen, hat die Kritiken gesammelt. Er wusste immer, was ich machte. Aber er ist mir nie nachgereist.

Erst jetzt hat er mir gesagt, dass er glaubt, ich habe einen wirklichen Mord begangen. Es war reine Vermutung seinerseits. Er hat meine Anwesenheit zu der Zeit auf einem Jahrmarkt in Osterode und Zeitungsberichte über einen Mord zum Anlass genommen, mich als Mörder zu verdächtigen.

Er hat später in Osterode recherchiert und wurde sich immer sicherer. Aber er hat mich erst hier kontaktiert. Wo wir wieder in der Nähe sind.«

Engel kam etwas näher an Fischers Gesicht. Rodalke und seine Waffe ignorierte er. »Wissen Sie, was er von mir will?«

Fischer sang nicht, aber er sprach die Worte: »Killing me softly?«

»Sie haben ein Gespür für die Dinge«, sagte Engel und streifte Fischers Lederjacke mit einem Blick. »Wir haben alle unsere dunkle Seite, nicht wahr?«

»Welche Todesart?«, fragte Fischer und fügte hinzu: »Kein Messer, nehme ich an.« Dabei fühlte er das inzwischen zusammengeklappte Messer in seiner Jackentasche.

»Profanes Erwürgen. Ich trug Handschuhe. Keiner kam auf die Idee, mich zu verdächtigen.«

»Herr Wolfram Engel, ich nehme Sie fest«, sagte der größere der beiden Polizisten.

Engel wandte sich noch einmal an Leberecht, der dort unten stand und total eingefallen wirkte.

»Du wolltest meine Stimme noch einmal hören? Hier ist sie. Nimm sie mit ins Grab. Und wenn du kannst, lache noch einmal zuvor.«

Damit ruckte er zu Fischer und Rodalke herum. »Das war mein Geständnis!«

Der Polizist kam einen Schritt näher, wagte es aber angesichts der Pistole Rodalkes nicht, seine Waffe zu ziehen.

»Herr Engel, ich verhafte Sie im ...«

Engel unterbrach ihn: »Herr Rodalke, jetzt kommt Ihr Geständnis. Es wird Zeit. Ein Mord auf meinen schmalen Schultern reicht mir.« Damit machte er eine Geste zu den Polizisten, dass er bereit war, sich festnehmen zu lassen. Er ging zur Rampe.

Rodalke riss seinen Arm herum. Die Mündung seiner Pistole zeigte jetzt auf Engel.

Fischer hatte plötzlich das Messer in der Hand. Er drückte den Knopf. Die Klinge fuhr aus dem Griff. Gleichzeitig stieß er mit der anderen Hand von unten gegen Rodalkes Handgelenk.

Der Schuss löste sich, traf die Saaldecke.

Rodalkes Kräfte waren immens. Er ließ die Pistole nicht los, auch dann nicht, als Fischer fest sein Handgelenk umklammerte.

Gerhild rief: »Lui, die Brille.«

Und Fischer schlug Rodalke die Brille vom Kopf. Blinzeln. Unsicherheit. »Sie?«, stieß er hervor.

Fischer gelang es endlich, ihm die Pistole zu entwenden. Sie polterte zu Boden.

Dann stand Rodalke vollkommen starr da. Blickte hinunter zu Gerhild. »Sie … Sie sind gegen mich? Ausgerechnet Sie?«

Gerhild lächelte bitter. »Ich wollte Sie damals vor sich selbst schützen und wusste gar nicht, dass es dafür schon zu spät war.«

Fischer ließ die Klinge wieder in den Griff fahren. Dellworm ging zu Gerhild. Engel war unten, der größere Polizist legte ihm Handschellen an. Leberecht saß auf einem Stuhl in der ersten Reihe und Strauss filmte heimlich.

Der zweite Polizist bewegte sich auf Fischer und Rodalke zu. »Schade!«, sagte Rodalke zu Gerhild. »Ich dachte, Sie wären anders. Eine ganz andere Art von Frau. Anders als sie!«

Und dann sprang er von der Bühne, riss im Sprung Fischer das zusammengeklappte Messer aus der Hand, ließ die Klinge rausschnappen, griff sich Gerhild, riss sie an sich und hielt ihr von hinten das Messer an den Hals. Dass all dies von einem fast blinden, alten Mann ausging, verwunderte alle im Raum.

Fischer verfluchte die Tatsache, dass er das Messer noch nicht wieder weggesteckt hatte.

Komisch, Gerhilds Gesicht war gar nicht angstverzerrt. Fischer dachte an Annerose, am Mäuseturm, als sie erschossen wurde. Wenige Minuten vorher hatte sie auch so, man konnte fast sagen, entspannt gewirkt.

»Ich möchte mich nicht wie Ihre Schwester fühlen, Herr Rodalke«, sagte Gerhild nun. »Ich stelle es mir schrecklich vor, die Klinge zwischen den Schultern zu spüren. Und ich habe gesehen, wie sie versucht hat, danach zu greifen. Sie hat sie nicht erreicht. Ob sie in ihrer letzten Sekunde gewusst hat, dass sie ihr eigener Bruder auf dem Gewissen hat?«

Fischer war fassungslos angesichts Gerhilds Kaltblütigkeit. Auch stolz, aber in der Hauptsache fassungslos. Rodalke war schon überreizt genug.

Rodalke grunzte wieder einmal.

Alle im Raum hielten den Atem an, standen wie mitten im Sprung, als habe ein Regisseur das Wort »Einfrieren!« gerufen.

Gerhild sprach eindringlich, immer noch ungewöhnlich kühl, aber jetzt war ihr anzuhören, dass sie einen Ausweg suchte. Verzweifelt einen Ausweg suchte!

»Ich habe sie nicht gekannt. Aber in den wenigen Stunden hatte ich den Eindruck, dass sie das Leben liebte.«

Rodalke rief: »Ruhe, kein Wort weiter.«

Plötzlich sprach Rosi von ihrem Standort auf der Bühne aus: »Ich habe Ihre Akten gelesen, Herr Rodalke. Sie haben sicher mehr über Herrn Engel gesammelt als unser Herr Leberecht hier. Aber mir ist eines aufgefallen: Sie scheinen sie nie gelesen zu haben. Einmal aus der Zeitung ausgeschnitten, das war's. So sauber, so unberührt sieht kein Archiv aus, in dem man vor lauter Wut und Verzweiflung jahrzehntelang wühlt. Sie haben all das gesammelt, um es jemandem zeigen zu können. Hier schaut, ich sammle alles über ihn. Er, der böse Mörder meiner Schwester.«

Rodalke hatte das Messer etwas von Gerhilds Hals sinken lassen, während Rosi sprach.

Dann sprach Dellworm, der noch unten bei den Polizisten und Engel stand. »Ich habe es nicht gesehen, aber immer geahnt. Schon sein Angriff auf Engel damals erschien mir überzogen. Aber ich wusste es nicht besser. Ich habe weder Herrn Engels Hand beim Zustechen gesehen noch Heiners Hand. Er ist mein Freund.« Als ob ihn das bereits für alles freisprechen würde, was er getan hatte, schwieg er nun.

»Ich will Sie nicht hassen«, sagte Gerhild leise. »Bitte!«

Rodalke senkte das Messer. »Ich will nicht, dass Sie mich hassen. Sie nicht. Gisela war schuld. Genau wie er. Sie beide haben mich zum Mörder gemacht. Und wenn sie noch leben würde, jetzt wäre der Zeitpunkt ...« Mit diesen Worten sprang er von der Bühne, das Messer in der erhobenen, rechten Hand, auf Wolfram Engel zu.

Leberecht schrie auf.

Fischer fiel mehr, als dass er sprang, hinterher. Er ergriff die Jacke Rodalkes, rutschte aber ab. Der stieß jetzt zu, aber der uniformierte Polizist warf sich kühn vor Engel. Die Klinge schlitzte den Ärmel seiner Uniformjacke auf.

Im selben Moment bekam Fischer Rodalke zu fassen. Er packte ihn am Kragen, wirbelte ihn zu sich herum, und bevor Gerhild oder einer seiner ehemaligen Kollegen ihn daran hindern konnten, schlug er seine Faust geradeaus in das Gesicht des halbblinden Mörders.

Der sackte zusammen und blieb wie ein Häufchen Elend liegen. Fischer war dankbar, dass Gerhild ihn diesmal nicht tröstete.

Engel sagte: »Danke.«

* * *

Am Montagabend nach der Operation durfte nur Gerhild zu Fischer.

Susanne und Edgar wurden auf den nächsten Tag vertröstet. Rosi und Alfons hatten angerufen und sich für Mittwoch angekündigt. Rosi ließ durchblicken, dass Alfons in Zukunft in ihrer Agentur mitarbeiten würde.

»Detektiv sein ist wirklich nicht mehr mein Job«, sagte Fischer zu Gerhild. »Wenn mich Professor Lück gesehen hätte, wäre er enttäuscht gewesen.«

»*Ich* bin nicht enttäuscht. Ich will einen Schafzüchter, keinen Supermann. Aber deinen Schlag habe ich Rodalke gegönnt. Ob er den Rest seines Lebens in der Psychiatrie verbringen wird?«

»Ich denke, ja. Ob er überhaupt realisiert hat, warum ich ihn geschlagen habe?«

Sie holte tief Atem: »Ich fürchte, er hat nicht mal realisiert, dass er in letzter Sekunde den Mord selbst gestanden hat. Er wird in der Klinik Zeit haben, sich seine eigene Schuld immer wieder wegzufantasieren.«

Fischer grinste. »Ja, die Klinik – die einen kommen rein, die anderen raus.«

Gerhild streichelte ihn.

»Lui ...«

»Ja?«

»Ach nichts, ich wollte nur mal deinen Namen nennen.«

Sie fragte ihn nicht, wie er sich fühlte.

Er würde es ihr in dem Moment sagen, in dem er es wollte. So lange konnte sie warten.

* * *

In dieser Nacht starb Wolfram Engel im Bett in seiner Zelle im Untersuchungsgefängnis. Der Amtsarzt diagnostizierte einen Herzstillstand und wagte die vorläufige Aussage, dass der Tod ohne eigene oder Fremdeinwirkung eingetreten sei. Eine Obduktion wurde angeordnet.

Ein Flyer seines eigenen Programms lag auf der Bettdecke Engels neben seiner Hand. Der rechte Zeigefinger schien auf eine bestimmte Textstelle zu weisen:

»Killing me softly ...«

E N D E

Der Rheinhessen-Krimi, Band 2

Walter Passian
Tief im Rhein ...

Umfang: 244 Seiten
Format: 13,5 20,5 cm
ISBN: 978-3-935651-01-1

Preis: Euro 11,00

Weitere Infos:
www.rheinhessen-krimi.info

»Der junge Mann zog das T-Shirt an. Er sah nicht, dass auf der Rückseite ein Kreuz eingenäht war.«

Dieser Roman spielt in der Nibelungenstadt Worms. Lui Fischer hat nach der erfolgreichen Aufklärung des Falles in »Mord am Geiersberg« den Beruf gewechselt.

Der Expolizist ist jetzt Privatdetektiv und eröffnet seine Detektei in Worms.

Sein erster Auftrag wird ihm von seinem Neffen Edgar vermittelt: Anke Schilling, eine junge Schauspielerin aus Norddeutschland, hatte sich vor zwei Jahren für ein Nibelungen-Musical in Worms beworben.

Seither ist sie verschwunden.

Der Rheinhessen-Krimi, Band 3

Walter Passian
Höhlengesänge

Umfang: 232 Seiten
Format: 13,5 x 20,5 cm
ISBN: 978-3-935651-03-5

Preis: Euro 11,00

Weitere Infos:
www.rheinhessen-krimi.info

Der Wahl-Wormser Ludwig (Lui) Fischer war Polizist mit Leidenschaft. Jetzt ist er Privatdetektiv mit Frust.

Und während er sich selbst sucht, findet ihn ein anderer. Dieser andere ist ein Serienmörder, dem die Presse den Namen *»Der Reisende«* gegeben hat.

Dessen grausige Spur führt vom hessischen Lampertheim nach Eppelsheim, Alzey und schließlich in die Rheinhessische Schweiz, in die Nähe der legendären Teufelsrutsch bei Nack.

Dort findet Fischer in einer alten Höhle mehr, als er je gesucht hat.

Der Rheinhessen-Krimi, Band 5

Walter Passian
Endstation Mäuseturm

Umfang: 232 Seiten
Format: 13,5 x 20,5 cm
ISBN: 978-3-935651-24-0

Preis: Euro 11,00

Weitere Infos:
www.rheinhessen-krimi.info

Der berühmten Sage nach suchte im **Binger Mäuseturm** einst der grausame Bischof Hatto Zuflucht. Er fürchtete Rache dafür, dass er in Zeiten der Not seinen Untertanen nicht nur die Nahrung verweigerte, sondern sie sogar töten ließ.

Der Wormser Privatdetektiv Lui Fischer hat mit Sagen nicht viel am Hut. Er sucht, ganz im Hier und Jetzt, mit Hilfe seiner Mitarbeiterin Annerose Neuwirth einen jungen Mann. Was als Routineauftrag beginnt, wird jedoch zu einem Entführungsfall, bei dem auch Fischer an seine Grenzen stößt - er trifft auf einen Gegner, in dem er seinen Meister finden könnte.

Im Verlauf dieses Verwirrspiels verschwindet auch ein Binger Lebensmittelfabrikant auf rätselhafte Weise und nur eines ist den Beteiligten recht bald klar: Verzweifelter Hunger nach Rache ist auch in diesem Jahrhundert noch ein mächtiges Motiv. Und schließlich fährt ein Wormser Linienbus in einer regennassen Nacht, entgegen seines Fahrplanes, nach Bingen mit der **Endstation Mäuseturm.**

Fantastische
Kurzgeschichten

Walter Passian
Passians Nachtwelten

Alb- und andere
Traumgeschichten

Hardcover
Umfang: 152 Seiten
Format: 13,5 x 21,0 cm
ISBN: 978-3-935651-07-4

Preis: Euro 16,80

Online bestellen unter:
www.kehl-verlag.de

Wenn ein Autor den Auftrag bekommt, über einen Werwolf zu schreiben, er mit dem Thema aber so gar nichts anzufangen weiß, kann ihm vielleicht der Nachbar weiterhelfen.

Wenn ein gebildeter Vampir die Nibelungenfestspiele besucht und eine Dame trifft, die er zum Anbeißen findet, kann der Leser diese Geschichte sowohl in Hochdeutsch als auch im rheinhessischen Dialekt genießen.

Wenn eine Frau entdeckt, dass sich in ihrem Gesicht eine ästhetische Anomalie breit macht, ist das für andere vielleicht halb so wild, für die Betroffene aber ein Albtraum.

Diese und elf weitere fantastische Geschichten finden sich in diesem Band. Auch Privatdetektiv Lui Fischer, bekannt durch die Rheinhessen-Krimis, hat noch einen Fall zu lösen.

Und wenn Sie solche Geschichten früher am liebsten unter der Bettdecke gelesen haben, na, dann greifen Sie jetzt am besten zur Taschenlampe!

2008 bereits erschienen!

Manfred H. Krämer
ONCA - Der weiße Jaguar

Hardcover mit Schutzumschlag
Umfang: 416 Seiten
Format: 14 x 22 cm
ISBN: 978-3-935651-34-9

Preis: Euro 14,90

Online bestellen unter:
www.kehl-verlag.de

Der *Geologe Dr. Jo Teger* untersucht im Auftrag einer amerikanischen Ölgesellschaft mögliche Förderstätten im brasilianischen Regenwald. Von einem Erkundungsflug kehrt die kleine Maschine mit dem Team nicht zurück. Alle Suchaktionen verlaufen erfolglos.

Jo Tegers *Frau Sanyia,* im dritten Monat schwanger, fliegt in die grüne Hölle. Sie glaubt fest, dass ihr Mann noch am Leben ist. Aber ihr Sohn Christian wird ohne seinen Vater geboren werden. Jahre vergehen, in denen Sanyia in ihr und dem Kind die Erinnerung an Jo wach hält. Entgegen aller Vernunft lässt sie Dr. Jo Teger nicht für tot erklären.

Auf dramatische Weise tritt Frank Hoffmann in ihr Leben. Der Mann, den sie sich als Todesengel ausgewählt hat, führt sie und ihren Sohn nun zurück in ein erfülltes zweites Leben. Dann, zehn Jahre nach seinem Verschwinden, kehrt Jo Teger zurück! Doch er ist nicht mehr der Mann, der er einst war. Er ist nicht einmal mehr ein Mensch ...

Aus den Regenwäldern Brasiliens steigt eine Vergangenheit herauf, die Sanyias mühsam erkämpftes neues Leben zu zerstören droht. Die Metropolregion Rhein-Neckar erlebt ein noch nie da gewesenes Medienspektakel, in dem kein Platz ist für die Gefühle einzelner Menschen.

Dies ist Sanyias Geschichte. Die Geschichte einer Frau, die ihren Gefühlen vertraut. Wenn es sein muss, bis in den Tod.

Weitere Infos unter: **www.onca-dasbuch.de**